光文社古典新訳文庫

アラバスターの壺／女王の瞳　ルゴーネス幻想短編集

ルゴーネス

大西亮訳

kobunsha classics

光文社

Title : EL VASO DE ALABASTRO/
LOS OJOS DE LA REINA
Author : Leopoldo Lugones

『アラバスターの壺／女王の瞳　ルゴーネス幻想短編集』＊目次

アラバスターの壺／女王の瞳

ルゴーネス幻想短編集

ヒキガエル

El escuerzo
1897

　ある日、うちの別荘の敷地で遊んでいたぼくは、小さなヒキガエルに出くわした。どんなに大きなヒキガエルといえども人を見たら逃げていくはずなのに、ぼくが小石を投げつけるとそいつは全身を恐ろしく膨らませて怒った。ヒキガエルを目にするたびにぞっとするぼくは、見つけ次第つぶしてしまうのを気晴らしにしていた。その小さくてしぶといヒキガエルも、何度も石をぶつけているうちにぐったりしてしまった。田舎町ののどかな暮らしのなかで育った男の子の例に漏れず、ぼくはトカゲやカエルについてはちょっとした物知りだった。それに、町を横切る小さな川のそばに家があったから、そうした生き物に触れる機会も多い。わざわざこんな話をするのは、その怒りっぽい小さなヒキガエルがいままで見たことのない珍しい種類のものであることに気づき、ぼくがどれほど驚いたか、それをわかってもらいたいからだ。これは一度よく調べてみなければならない。そう考えたぼくは、細心の注意を払って獲物をつまみ上げると、小さな狩人だったぼくの冒険談のいちばんの聞き役を務めてくれていた女中に見せに行った。ぼくは当時八歳で、彼女はもう六十歳だった。その珍しいヒキガエルはぼくたちの興味をかきたてるはずだった。人がいい女中はいつものように台所の扉のそばに腰を下ろしていた。ぼくはてっきり、彼女がいつものようにやさしい笑顔でぼくの話に耳を傾けてくれるだろうと思っていた。ところが彼女は、ぼくが話しはじめるや慌てて椅子から立ち上がり、つぶれたカエルをぼくの手から奪い取った。

「そのままにしておかなくて本当によかったわね！」女中は喜びをあらわにして叫んだ。「いますぐ焼いてしまいましょう」

「焼いてしまうの？」ぼくは言った。「もう死んでるのに、どうして……」

「ヒキガエルがどんな生き物か、あんた知らないのね？」女中はいわくありげに言った。「焼き殺さないと生き返るってことも知らないのね？　ヒキガエルを殺してしまえなんて、いったい誰に言われたっていうの？　石を投げつけて追っ払えばよかったじゃないの。あたしの死んだ友だちのアントニアの息子に何が起こったか、いまから話してあげるわ」

彼女はそう言いながら、木片をかき集めて火をつけると、その上に死んだヒキガエルを載せた。

ヒキガエル！　いたずら好きな少年だったぼくは内心恐怖を覚えながら口走った。ヒキガエル！　そして、ヒキガエルの冷たい感触から逃れようとでもするように、手を激しく振り払った。死んだはずのヒキガエルが生き返るなんて、大の男でさえ凍りつくような話ではないか。

「〈カエルとネズミの合戦《バトラコミュオマキア》〉[1]の現代版でも聞かせようっていうのかしら？」フリアはそのとき、三十歳の女性にふさわしい屈託のない陽気な媚態を示しながら言った。

「そんなことはありませんよ。これは本当に起こった、こ、こ、ことなんです」

フリアはほほ笑んだ。

「早く聞かせてもらいたいわ」

「きっと喜んでもらえるはずです。笑顔を浮かべているあなたをぎゃふんといわせてやりたいものですよ」

年老いた女中は――ぼくはふたたび話しはじめた――、ぼくが殺してしまった不吉な生き物が火に焼かれるあいだ、つぎのような話を聞かせてくれた。

兵士の夫に死なれてやもめ暮らしをつづけていたアントニアは、ひとり息子と一緒に、人里離れたみすぼらしい家に住んでいた。息子は生活の糧を得るために近くの森で木《き》を伐り、ふたりは何年もそうやって日々の暮らしを立てていた。ある昼下がり、息子はいつものようにマテ茶を飲もうと、頑健な体に活力をみなぎらせながら、斧を肩に担いで帰ってきた。そして、母といっしょにマテ茶を飲みながら、とても古い木の根っこに一匹のヒキガエルがいたことを話した。ヒキガエルは体を大きく膨らましたが、斧で叩かれるとぺちゃんこになってしまったという。

それを聞いた母親は、悲しみに顔を曇らせ、いますぐそこに連れて行ってほしい、

1　喜劇的叙事詩でホメロスの『イリアス』のパロディ。ハリカルナッソスのピグレスの作といわれる。なお、この対話の場面では、語りの視点が現在に戻っていて、「ぼく」がフリアという女性に昔話をしているという設定が明かされている。

死んだカエルを焼かないといけないから、と訴えた。

「ヒキガエルはね」母は息子に言い聞かせた。「乱暴なまねをする相手をけっして許そうとしないのよ。焼き殺さないと、生き返ったヒキガエルは仕返しをするためにどこまでも追いかけてくるんだから」

気のいい息子はそれを聞くとからからと笑い、憐れな母親にむかって、そんなのは聞きわけのない子どもを脅《おど》かすための作り話にすぎず、分別のある大人がいちいち気にするようなことではないと言った。ところが母親は、死んだカエルを焼かなければいけないから、そこまで連れていってくれと繰り返すばかりだった。

息子は冗談を口にしてみたり、遠くまで出かけていくのは面倒だからとか、十一月の夜気は年老いた体には毒だからとか理屈をこねたり、あの手この手を使ってあきらめさせようとしたが、母親は頑として聞き入れなかった。何があっても出かけると言い張る母親を前に、息子もついに折れるよりほかなかった。

そんなに遠くまで歩くにはおよばなかった。せいぜい六ブロックといったところだ。伐り倒されたばかりの木はすぐに見つかったが、地面に落ちた枝や木っ端をいくらかき分けてみても、ヒキガエルの死骸はどこにも見当たらなかった。

「だから言ったでしょう！」母親は叫ぶようにそう言うと、泣き出した。「どこかへ行っちまったのよ。もう手遅れだわ。アントニオ神父がお前を守ってくださいますように！」

「そんなに悲しむなんてどうかしているよ。蟻が運んでいったか、腹をすかせたキツネが食べてしまったんだよ。たかがヒキガエル一匹のためにめそめそ泣くなんて、本当におかしいよ。日が暮れてきたからそろそろ帰ろう。湿った草は体に毒だからね」

ふたりは連れ立って家路についた。泣きやまない母親の気を紛らそうと、息子は、このまま順調に雨が降りつづけばトウモロコシは豊作が期待できると話したり、冗談を口にして笑ったりした。家に帰り着いたときにはもう日が暮れかかっていた。母親と一緒に家の隅々まで見回りながら息子はまた笑ったが、ふたりは中庭へ出ると、月の光を浴びながら静かに夕食をとった。息子が馬具の上に横たわって寝ようとすると、アントニアは、せめて今晩だけでも木箱のなかで寝てくれと懇願した。

息子は激しく抵抗した。憐れな母親は明らかに頭がどうかしている。こんな暑い夜だというのに、気味の悪い虫がうじゃうじゃいるにちがいない木箱のなかに息子を閉じ込めようとするなんて、いったい誰がそんなことを思いつくだろう？

とはいえ、年老いた母親に泣きつかれると、心の底から母親を愛していた息子はとうとう根負けし、その気まぐれに付き合うことにした。箱は大きく、心もち体を縮めなければならないことを別にすれば、それほど居心地も悪くなさそうだった。箱の底には、親切な母親の手で寝床がしつらえられていた。息子はさっそく中にもぐりこんだ。憐れな未亡人は箱の横に椅子を据えて腰を下ろし、ほんの少しでも危険な兆候が現れたらすぐにでも箱のふたを閉めようと寝ずの番をはじめた。

低い空に浮かぶ月が部屋のなかを照らしはじめ、もう真夜中だろうと母親が察しをつけたとき、ようやく見分けられるほどの黒い小さな影が、耐えがたい暑さのために開けっぱなしになっていた扉の敷居の上にひょいと飛び乗るのが見えた。アントニアは恐怖のあまり全身を震わせた。

復讐をもくろむ生き物は、後ろ足を折り曲げ、何事かを企んでいるかのようにじっとしている。憐れな母親の心配を笑い飛ばした息子の浅はかさよ。月光を浴びた扉の敷居にぴったり張りついたそのいまわしい小さな影は、恐ろしく膨れ上がったかと思うと、やがて怪物のように大きくなった。とはいえ、夜な夜な昆虫を探し求めて家のなかへ入ってくるただのヒキガエルだとしたら？　母親はそう考えて、自分を励ますように息を吸い込んだ。ところがヒキガエルは、出し抜けに小さく一跳びしたかと思うと、さらにもう一跳び、木箱に近づいた。もはやその意図は明らかだった。獲物はすでにこっちのものとでもいわんばかり、それほど急ぐ様子もない。アントニアは恐怖に怯えたような、なんともいえない表情を浮かべて息子を見やった。息子はすやすや寝息を立てて眠っている。

母親はそわそわした手つきで重い木箱のふたを静かに下ろした。ヒキガエルは止まることなく、飛び跳ねながら近づいてくる。気がつけば箱のすぐそばまで来ていた。そして、箱の周りをゆっくり回ったかと思うと、ぴたっと動かなくなり、その小さな体からは想像もつかないほど高く跳び上がってふたの上に乗った。

アントニアは身動きもできなかった。全神経を目に集中していた。いまや月の光が部屋のなかを隈なく照らしている。するとそのとき、ヒキガエルの体が少しずつ膨らみはじめた。それは驚異的なまでに膨張をつづけ、ついに三倍ほどの大きさになった。そのまま一分ほどじっとしていたが、母親は死ぬほどの息苦しさに胸がしめつけられる思いだった。やがてヒキガエルの体は少しずつ縮みはじめ、もとの大きさに戻った。そして、ふたの上から地面に飛び下り、扉のほうにむかって遠ざかっていったかと思うと、中庭を横切り、草むらのなかへ消えた。

アントニアはようやく全身を震わせながら立ち上がった。そして、箱のふたを乱暴に開け放った。その瞬間、おぞましい感覚に襲われた彼女は、それから何カ月もたたないうちに、恐怖にとりつかれて死んでしまった。

ふたをはずされた箱のなかからは、ぞっとするような冷気が漂っていた。箱のなかの息子は、まるで死装束に包まれているかのように、陰鬱な月光に照らされて凍りつき、なんとも不思議なことに、全身を霜に覆われ、石のように固まっていたのだ。

カバラの実践

Kábala práctica
1897

墓地の管理人が彼の知り合いだったおかげで、すべては容易に運びました。わが友エドゥアルドは、選《え》り抜きの骸骨を加えることで、博物学の標本室を完璧なものにしたいと望んでいました。こういうことに精通していた彼らは、荼毘《だび》に付される前の死体が保管された安置所のなかを隅々まで探しまわり——市の規則にしたがって五年ごとに焼却されることになっていたのです——、エドゥアルドの言うところによればこの上なくすばらしい死体を見つけ出しました。

「若い女の骸骨を加えることにしよう」わが友エドゥアルドは、知的なダンディーを思わせる折り目正しい冷淡な外見の下に隠されてはいるものの、不意にわき上がる倒錯的な愉悦を帯びた口調でそう言いました。

わたしはこうして、ある夜、ふさぎの虫にとりつかれたカルメンの気を紛らそうと、わが友エドゥアルドが体験した出来事を語りはじめた。慣例にしたがって、彼の名字はNとだけ記しておこう。なんといってもこれは実話なのだから、もろもろの不都合を避ける必要があるのだ。

それまで知り合った女性のなかで、カルメンはもっとも美しい女友だちのひとりだった。とはいえ、その黒い瞳がいまだ十分に愛でられてはいない二十歳の娘の例に漏れず、気まぐれな憂鬱にとりつかれ、大胆な媚態を示すことがあった。彼女の黒い瞳が魅惑的だったことは言うまでもない。しばしば満天の星のような輝きと深みをたたえた瞳は、うっとりするような憂《うれ》いに満たされるのだった。われわれの会話がなぜエドゥアルドの話題におよんだのか、わたしにもわからない。しかしエドゥアルドは頻繁に彼女の家を訪れていたし、ちょっとした偶然からそんな話になったのだろう。

「それにしても信じられないわ！　あんなにそっけなくて何事にも無関心なエドゥアルドが……」

「でもこれは実話なんです。しばらくぼくの話を聞いてもらいましょう。たとえ実話だと信じることができなくても、一編の物語として楽しめるでしょうから」

気のおけない仲間たちのにぎやかな話し声が響き渡るだだっ広いホールで、わたしはさっそく、疑り深いカルメンの視線を浴びながら、どれほど信じがたいことに思われようともわたしがこうして三たび実話と称する物語を語りはじめた――。

若き博物学者エドゥアルドとの友情は、そもそもの初めから親密なものだったと言ってもいいでしょう。われわれはふたりとも若く、四十歳になれば誰もが抱くことになる後ろめたい気持ちがお互いへの不信をかきたてるようなこともありませんでした。彼は当時、博物学にかかわる品々の収集をはじめたころで、わたしは詩作に手をつけはじめたばかりでした。そしていうまでもなく、われわれはふたりとも唯物論者でした。青年期というのはペダンチックなもので、世の若者が最初に取り組む学問上の仕事といえば、神と女性を否定することなのです。大人になったばかりの自分のなかに依然として残っている子どもっぽさから逃れたいばかりに、ビューヒナー[1]を読んでは無神論者となるのです。肉体と魂を支配する最初の愛は、恋の冒険の不確かさのなかに挫折の兆しを見出します。そしてベッケル[2]ふうの抒情豊かな詩を書くというわけです。二十歳の若者は、とりわけ神父と女性に対して不信の念を抱くものです。人格の目覚めというのは恐ろしくエゴイスティックです。二十歳の若者が父親の家を出ていくというのはけっしてありえないことではないのです。エドゥアルドが骸骨を手に入れたのは、われわれのあいだに友情が芽生えてからまだ日が浅かったころです。きれいに磨かれたガラスケースのなかに吊された骸骨は、いかにも標本室らしい雰囲気を引き立てるものでした。

古生物学の標本や珍しい石、たとえばウルグアイの晶洞[3]から採取された珍奇な二かけらの水晶、ベスビオ火山の溶岩の粉末が詰まった三角フラスコ、コスキン[4]で採取された鍾乳石、あるいは、ふたりしてはるか彼方の地層まで向こう見ずな冒険を企てて手に入れたグリプトドン[5]の甲羅のかけら、こういったものがエドゥアルドの見事な博

1 ルートヴィヒ・ビューヒナー。一八二四―九九。ドイツの思想家、医師。世紀末ヨーロッパを代表する唯物論者のひとり。
2 グスタボ・アドルフォ・ベッケル。一八三六―七〇。スペインの詩人。代表作は『抒情詩集』。
3 岩石・鉱脈などの中の空洞で、内面に結晶の密生しているもの。
4 アルゼンチンのコルドバ州の山間地にある市。
5 更新世の南アメリカに生息した哺乳類のひとつ。

物学コレクションを構成していました。わたしひとりのために扉が開かれたあの小さな標本室は、われわれが温めていたある重大な計画を秘めていました。自然淘汰をテーマにしたエドゥアルドのエッセーもあの標本室から生まれたものですが、おかげで彼は、彼の父の知り合いで、天文学者にして昆虫学者でもあったドイツ人の男から称賛の言葉を贈られました。それ以来、読み書きがほとんどできないにもかかわらず有能な商人として活躍していたエドゥアルドの父は、われわれの学識に心からの敬意を払うようになりました。あの標本室からは、わたしが手がけた一編の詩も生まれたのですが、理性による狂信の支配をテーマとしたその作品は、われわれに文学を教えていた教師の大いなる顰蹙《ひんしゅく》を買いました。

ガラスケースに陳列された骸骨、エドゥアルドの言う「若い女の骸骨」は、もちろんわれわれの会話――正直に告白すると、不敬虔な言辞が随所にちりばめられた会話――のなかに頻繁に登場しました。容易に想像できるでしょうが、〈石の招客〉[6]にまつわる遠い記憶がよみがえることもしばしばで、当然のことながら、科学にもとづいた極端なまでの不信心をひけらかそうとするわれわれの態度にはしかるべき根拠が与えられることになったのです。では、このあたりでそろそろ前置きを切り上げて、真実にもとづく物語の核心に入っていくことにしましょう。

われわれは夜になると、エドゥアルドの標本室に閉じこもり、コーヒーを飲んだり最新のフランス詩を読んだりしながら時を過ごしたものですが、ある日のこと、ふたりの会話はいつしか、霊感を受けた人間や呪術師たちの経験する吸血鬼現象、そして、ヒステリー症状を伴う幻覚の話題におよびました。われわれはちょうど、当時はまだその真価を正しく認識するにはいたっていなかったエリファス・レヴィ[7]の恐るべき作品を読んだばかりでした。そして、これに関連して、過去に読んだ文学作品についておのおの語りはじめたのです。ポーはもちろんヴェルハーレンやヴィリエ・ド・リラダンにいたるまで、知っているかぎりの詩はもちろん、良いものも悪いものも含めて、思いつくかぎりの散文を朗唱しました。わたしは十一時か十一時を少し過ぎたころに

6　十七世紀に活躍したスペインの劇作家ティルソ・デ・モリーナの代表作『セビリアの色事師と石の招客』に登場する。ドン・フアンを夕食に招いた石像が、復讐を果たすために彼の命を奪う様子が描かれている。

7　一八一〇—七五。神秘思想に関する数々の著作を残したフランスのオカルト学の権威。『魔術の歴史』などの著作がある。

エドゥアルドの家を後にしました。彼は、アクーニャの有名な詩[8]をもって夜の語らいに幕を下ろしたのですが、それが暗示するいまわしい皮肉は、正直なところ、好ましからざる影響をわたしに与えたのです。

　これからお話しするのは、物語の最後に明らかになるように、エドゥアルド本人が語ってくれたことです。

　彼は標本室に戻ると、机の上に散らばった本を片づけました。穏やかな気分で、頭も冴えわたっていました（こうした細部は、注意深い読者にとってそれなりに重要である）。ランプを持ち上げ、隣の寝室へ入ろうとした彼は、骸骨の前で立ち止まり、深々とお辞儀をして語りかけたのです。

「いとしの骸骨嬢《マドモワゼル・スクレット》よ、あなたは愉快な瀆神行為の犠牲となるのです。つまりぼくらは、アルベルトゥス・マグヌスのホムンクルス[9]を発見し、愛すべきあなたという存在をよみがえらせるのです。わたしは謹んでこの手を差し出すことでしょう」

エリファス・レヴィを読んだことがエドゥアルドの精神になんらかの影響をおよぼしていたものと思われます。しかし、そこにはいささかの不安もありませんでした。むしろその反対に、彼に言わせると生命の抜け殻にすぎない骸骨を相手に無邪気に戯れていたのです。

それから三十分後、彼は眠りに落ちました。

エドゥアルドは不意に、仕事机の前に座っている自分に気づきました。明るいランプの光が部屋を隈なく照らしています。エドゥアルドの正面、数時間前までわたしが腰を下ろしていた椅子には、丈の長い紫色の服をまとった女、美しいといってもいいひとりの若い女が座り、悲しげな表情で彼を見つめていました。エドゥアルドは無意識のうちに、骸骨があるはずのガラスケースに目をやりました。ところが肝心の骸骨はどこにも見当たりません。彼の背筋に寒けが走りました。若い女は彼にむかって話しはじめました。音楽のような甘い声を耳にした瞬間、彼はなんともいえず心地よい

8 マヌエル・アクーニャ。一八四九―七三。メキシコのロマン主義詩人。ここで言及されているのは「亡骸《なきがら》の前で」と題された詩。

9 実験器具のなかで人工的に生成される侏儒《こびと》。伝説によると、古来さまざまな人物がホムンクルスの生成に成功し、そのなかにはトマス・アクィナスの師として知られるアルベルトゥス・マグヌスも含まれる。ちなみにゲーテの『ファウスト』のなかにホムンクルス生成をめぐる記述がみられる。

精気に満たされるのを感じました。女の声はまるで、甘美な魂の吐息がはるか彼方から送りこんでくる嘆声のようでした。憂いに満ちた幻影のような女はいったい何を語ったのでしょう? 彼はそれを思い出すことがどうしてもできませんでした。彼が耳にしたのは、静寂のリズムのごとき夜の穏やかな、崇高な物思いが奏でるハーモニーにも似た音色だったのです。それが彼女の口にする言葉だったのでしょう。彼は冷気に包まれるのを感じましたが、それはうっとりするような感覚をもたらし、幻のような女が語りかけるにつれ、このうえなく柔らかな雪のように骨の髄まで冷たさが染みわたりました。

しかしエドゥアルドは、夢心地から目を覚ますとにわかに冷静さを取り戻しました。きっと夢でも見ているにちがいない、そう思った彼は、ランプの炎に指を近づけてみました。ところが急いでそれを引っこめなければいけませんでした。そして周囲を見まわしました。そこにはいつもと同じ光景が広がっているばかりで、幻影のようなものは微塵《みじん》も認められませんし、夢にありがちな奇妙な装飾物も見当たりません。時計が午前三時を打つのさえ聞こえます。亡霊のような女は、そんな彼の疑念にはまったくおかまいなしに、相変わらず話しつづけています。音楽を思わせるその妙《たえ》なる声音は、広大な夜を彩る青い星々を一望する無限の視界を心のなかに開くかのようでした。やがて女は、そこはかとない威厳を漂わせた祈りのような文句を唱えながら、椅子から立ち上がり、透き通った手でランプを手に取ると、エドゥアルドの寝室に向かいました。彼は、自分が何をしているのかもわからず、無意識のうちに彼女の後を追いかけました。ナイトテーブルの上にランプを置いた女は、うっとりするような優雅な足どりで誰もいないベッドに歩み寄ると、あっけにとられたエドゥアルドを尊大な身ぶりで指差し、神秘的な雰囲気を漂わせながら、暗闇に包まれた標本室に戻っていきました。

いささかの恐怖を感じることもなく女のあとに従うことができたのはなぜなのか、エドゥアルドにもわかりませんでした。翌日の十時ごろ、昼食に誘おうとエドゥアルドの家を訪ねると、彼はベッドのなかでぐっすり眠っていました。

「これは珍しい！」わたしは、エドゥアルドがけっして閉め忘れたことのない標本室の扉が開けっぱなしになっているのを見て思わず叫びました。

わたしはなかに入りました。

「なんてことだ。彼は正気を失ってしまったにちがいない」わたしは不安の入り混じった苦笑いを浮かべながらつぶやきました。というのも、前の晩にわたしが座った椅子には、ガラスケースに吊されていたはずの骸骨が、あおむけに横たわるように身を投げ出していたからです。

——そのときカルメンは、いつものようにこわばった笑みを浮かべながら、椅子から立ち上がろうとした。しかしその瞬間、わたしは彼女の唇が血の気を失い、上体をふらつかせながらいまにも倒れそうにしているのを目にした。広間に叫び声が響き渡った。彼女の体を両腕で支えると、そこにいた連中が残らず駆け寄ってきた。われわれは気を失った彼女の体を持ち上げ、隣の部屋へ運び込んだ。それから一時間も経つと彼女は意識を取り戻したが、ひどく取り乱していた。彼女の体を持ち上げたときのあの恐ろしい感触は、死ぬまでわたしにとりついて離れないだろう。わたしが両腕のなかに感じたのは、その優美なたたずまいに何度も目を奪われたあの細身の体ではなく、重くてぶよぶよした、柔らかい枕のような肉塊だったからだ。彼女の体を支えようと強く抱きしめると、わたしの指はいとも簡単に両腕のなかにめりこんだ。腕のなかの体には関節がなく、水を満たした袋のように、いたるところで折れ曲がった。その不気味な感触たるや、まさにぞっとするものだった。
読者諸君、これはまぎれもない事実である。あの女には骨がなかったのだ！

イパリア

Hipalia
1907

リウマチを患って寝たきりになってからようやく、彼は、かなり近い親戚筋にあたる私のことを思い出した。

いい年をした独り身の男が益体《やくたい》もなく月日を送ったあの古い家は、イパリアの驚くべき生が営まれた場所でもあった。以下に記すのは病人の告白である。

ある雨の晩、彼がイパリアを拾ったとき、彼女はまだ三歳の女の子だった。迷子になった彼女は自分の住んでいる場所もわからず、イパリアという奇妙な名前を口にするばかりだった。おそらく本当の名前を言いまちがえたものだろう。

彼は女の子に愛情を抱くようになった。あのような人間嫌いの男には珍しくもないことだ。そして、少女の家庭教師にイギリス人女性を雇った。ピアノと絵を教えさせるためである。十六歳になるころには――それまでの人生はさして重要ではない――引っ込み思案なところはあるものの、非の打ちどころのない、驚くほど美しい娘に成長していた。

ところが、みずからの美貌に溺れるあまり、自尊心に我を忘れてしまった。

家には、明るい電灯の光に照らされた広い地下室があった。彼が若いころフェンシングの練習場として使っていた地下室である。

イパリアは地下室を狂気の庭に変えてしまった。昼であろうと夜であろうと、目覚めているあいだじゅうそこに閉じこもり、白い壁にむかっていつも同じ場所にじっと座りつづけるのである。彼女によると、壁には、水銀を施したガラスの鏡よりも鮮明な像が映し出されるのだという。そして、ちょうど鏡の前に座るときのように、壁に映し出された自分の姿に眺め入るのだった。

彼女を正気に立ち返らせる試みはことごとく失敗に終わった。壁の前の呪われた場所からいったんは引き下がるものの、そんなとき彼女は決まって重い心臓の発作に苦しめられ、結局はあの奇妙な習慣を黙認しないわけにはいかなくなるのだった。

彼女はいつも、手に追えない狂人がとりわけ好む白い色の服を身にまとい、白い壁に面して座ったまま、あの静かな狂気に沈潜した。それはもはや凝視などと呼べるものではなかった。かくもおのれの美貌に溺れていたのだ。孤独を好んだ彼女は、部屋に閉じこもっているところを邪魔されそうになると、憂鬱な苛立ちを覚えた。年老いた彼はやがて、神々しい幻のような少女の姿が寝室に消えていく夜を除けば、彼女を見かけることも絶えてなくなってしまった。寝室に消えていくときの彼女は、忘我の境をさまよう人間のように、宙を泳ぐかと思われる足どりでゆっくり歩いていくのである。

少女はまるで、少しずつ輝きを増していく美しさのなかに消え入るような、透き通るほど青ざめていくような、静寂に包まれた幻のなかで厳粛さに包まれていくような、そんな印象を与えた。彼女がついに息を引き取ったとき、ぼんやりとした雲が消え去るように、あの白さが彼女の体から抜け落ちてしまったかと思われた。にわかに黄色味を帯びた肌によって初めて、彼女が死んでいることがわかったのだった。

少女が死んでから幾日も経ったある日のこと、彼女が壁を見つめながら二年ものあいだ誰にも邪魔されずに至福の時を過ごしたあの肘掛椅子が地下室から運び出されることになった。少女の育ての親であった彼は、嫉妬の入り混じった淡い敵意を抱きながら、これが最後とばかりに悲痛なまなざしを壁に向けた。するとそこに信じられない光景を見出した。

壁には、真昼のように明るい光の下でようやく見分けがつくほどのイパリアの肖像がうっすらと浮かび上がっていたのだ……。

私は、自分の目で確かめてみないことには、彼の話をそのまま信じることはできなかった。

ところが、なんとも驚くべきことに、それは紛れもない事実だったのである。遠い輝きを放ちながら雪に映える紅の曙光だけが模倣することのできるようなかすかな色合いを帯びて、イパリアに生き写しの肖像が、さらにいえば、幻のような究極の美に包まれたイパリアその人が映し出されていたのだ。壁に描かれているのではなく、壁の内側から自然ににじみ出てきたかと思われるほどだった。それはけっして壁に描かれた絵ではない。生命の気配をまざまざと感じさせる像だったのだ。

その印象があまりにも強烈だったために、私は手で触れてみたいという抑えがたい欲求に襲われた。肖像への畏怖の念がそれをかろうじて抑えていた。生きている肖像に手を触れることは冒瀆にも等しい行為に思われたのだ。

それでも私は、神秘と驚愕にいささか震えながら、幻のごときその頰に手を近づけてみた。

すると、ほんのかすかではあったが、温かみが感じられた。

心の動揺をなんとか抑えた私は、決定的な実験を試みることにした。肖像——いまはそう呼んでおこう——はもちろんのこと、その周囲の壁を何度かさわってみたのである。まちがいなかった。肖像はほんのりと温かかったのである。

散文的な道具である温度計によって、われわれの確信はつい先ほど確かな裏づけを得たところだ。少女の育ての親である年老いた彼もまた、自分の目で確かめることを欲したのだった。憐れなこの男は遠からず深刻な病状に陥るだろう。この三日間で恐ろしく老けこんでしまった。そして、いまは亡きイパリアの名を口にするばかりである。愛するイパリア、死んだイパリアの名を……。

……しかし、イパリアは本当に死んでしまったのか?……

不可解な現象

Un fenómeno inexplicable
1898

いまから十一年前の話である。わたしは、形成されつつあったあの居住区の劣悪な宿屋を避けるために必要な紹介状をいくつか携えて、コルドバ州とサンタフェ州にまたがる田園地帯を旅していた。来る日も来る日もウイキョウ入りの肉料理を食べたのと、デザートに食したひどくまずいクルミのせいで、わたしの胃はすっかりやられ、それゆえ食事は軽くすませる必要があった。わたしにとって最後となる今度の長旅は、まさに最悪の予感とともにはじめなければならなかった。というのも、旅先に選んだ集落を訪れるにあたって、適当な宿屋を紹介してくれる人がどこにも見当たらなかったからである。ところが、出発間際になって、わたしにある種の好意を寄せていた治安判事が助け船を出してくれた。

「あそこには、わたしの知り合いで、やもめ暮らしをしているイギリス人の男が住んでいるんですよ。あの集落でもいちばん上等な家の主人で、それなりの値がついた土地もいくつか所有しています。仕事の関係で何度か彼に手を貸したことがありますから、あなたを紹介する資格がわたしには十分あると思います。うまくいけばすばらしい宿が提供されるはずです。と言うのも、そのイギリス人は申し分のない人物なのですが、情緒不安定になることがままあるのです。それに、ひどく用心深いところがありましてね。来客用の寝室よりも奥に足を踏み入れたことのある人間がひとりもいないくらいなんです。来客といっても、その数はもちろん限られていますが。要するにあなたは、恵まれているとはいえない条件を承知のうえで出発しなければいけないわけです。それがわたしにできる精いっぱいのことです。望みどおりの宿が提供されるかどうかは運次第です。それでも紹介状をお望みでしたら……」

わたしはその申し出を受け入れ、すぐに出発した。そして数時間後には目的地に到着した。

そこにはこれといって目を引くものはなかった。赤い瓦屋根の駅舎があり、歩くときしむプラットホームには石炭殻が敷きつめられている。右手には信号が、左手には井戸が見える。目の前の複線軌道には、六両ほどの貨車が収穫物の積み込みを待っている。その向こうには、小麦袋に囲まれた小屋が見える。盛り土の下には、黄色く色づいたパンパ[1]が、草のハンカチのように広がっている。彼方には、漆喰の塗られていない粗末な家が点在し、それらの家の脇には穀物が積み上げられている。走り過ぎてゆく汽車の煙が地平線の上に花綱[2]のように伸び、のどかで広大な空間を領する静寂が、地方色あふれる田園風景のなかに溶け込んでいる。

　これらはみな――新しい集落はどこでも同じようなものだが――面白みを欠いたシンメトリーを基調としている。秋の牧草地といった風情の野原には、測量のために引かれた線が何本か延びている。手紙を受け取ろうと駅までやってきた入植者たちの姿がちらほら見える。そのなかのひとりをつかまえて、めざす家の所在地を訊ねると、すぐに答えが返ってきた。その口ぶりから察すると、イギリス人の男はかなりの重要人物として通っているらしい。

　家は駅からそれほど離れてはいなかった。西に向かって十ブロックほど行くと、午後の訪れとともにライラック色に染まる埃っぽい道の突き当たりに、テラスの欄干と軒蛇腹《のきじゃばら》[3]のある家が見えてくる。ある種のエキゾチックな気品を漂わせたその家は、周囲の家並みのなかでもひときわ目立っている。正面に庭があり、中庭を囲む壁の向こうに、桃の木の枝が顔をのぞかせている。全体的に快適で爽快な印象を与えるが、人が住んでいるようには見えなかった。午後の静寂に包まれ、人気《ひとけ》のない田園地帯に建てられたその家には、手の込んだ造りの別荘を思わせるたたずまいにもかかわらず、ある種の甘美なもの悲しさ、古い墓地に建てられたばかりの墓といった趣が感じられる。

囲いの鉄柵に近づくと、庭に秋のバラが植え込んであるのが見える。その心地よい香りは、脱穀された麦の匂いを和らげている。手が届くほどの距離に生えている草花に囲まれて、雑草が生い茂っている。壁に立てかけられたシャベルは錆だらけで、その先端に蔓《つる》が絡みついている。

わたしは鉄格子の扉を押し開けて庭を横切り、漠然とした気後れを感じながら玄関のドアをノックした。数分が経過した。すき間風の音が寂しさをいっそう募らせる。そのもう一度ノックすると足音が聞こえ、乾いた木の音を響かせながら扉が開いた。その

1　アルゼンチンのラプラタ川下流域に広がる大草原。
2　花を編んで作った綱。西洋で祭りの装飾などに用いる。
3　おもに古典建築で柱の上に架した梁部の最上部に置かれる装飾。

向こうに家の主人が現れ、挨拶の言葉を口にした。

わたしは紹介状を差し出した。彼がそれを読んでいるあいだ、わたしは男の容貌をじっくり観察することができた。高くもたげた頭は禿《は》げている。髭《ひげ》を剃った顔はどことなく聖職者を思わせ、厚みのある唇と控えめな鼻が見える。信心深いところのある人物にちがいない。張り出した眉は、直情的な性格をうかがわせる一文字を描き、尊大なさげすみを浮かべた下顎と釣り合っている。ふさわしい職業ということでいえば、軍人としても宣教師としても通りそうだった。そうした印象を裏づけるべく、男の両手を観察してみたいと思ったが、残念ながら手の甲しか見えなかった。

紹介状に目を通した男は、わたしを中へ通した。食事までの時間をわたしは身の回りの整理に費やした。なにやら奇妙なことに気づいたのは、食事のテーブルに着いたときである。

わたしは食事をしながら、男が非の打ちどころのないほど礼儀正しく振る舞っているにもかかわらず、何かをしきりに気にしているらしいことに気づいた。部屋の片隅に向けられた視線には不安のようなものが漂っている。もっとも、男の影がちょうど部屋の片隅に覆いかぶさっていたせいで、こっそり様子をうかがっていたわたしは、そこに何の姿も認めることはできなかった。男はただ、いつもの習慣で、上の空になっているだけなのかもしれない。

とはいえ、会話はいたって活気に満ちたものだった。そのころ近隣の村々を悩ませていたコレラが話題の中心だった。同毒療法《ホメオパシー》[4]の専門家だった彼は、わたしのなかに仲間を見出した喜びを隠そうとしなかった。そして、その話題に関連して、たまたま飛び出したひとつの言葉が会話の流れを変えた。少量の薬の効果をめぐる議論から、わたしはあることを思いつき、それを急いで口にしてみた。

「どんな物質であれ、それを近づけたときにラター[5]の振り子が被る影響は」わたしは結論を急ぐように言った。「物質の量とはなんの関係もありません。同毒療法に用いられるごくわずかな量の物質といえども、その五百倍あるいは千倍もの量の薬がもたらすのと同じだけの振動を引き起こすのです」

4 すべての病気はその症状に似た状態を引き起こす微量の物質を投与することによって治すことができるとする考えにもとづく治療法。ドイツのハーネマン（一七五五—一八四三）により体系化された。

5 未詳。ルゴーネスの創作か？

わたしはただちに、この言葉が相手の興味を引きつけたことを見てとった。男はわたしの目を見ながら言った。

「しかし、ライヘンバハ[6]はそうした説明に異を唱えています。ライヘンバハはもうお読みになったでしょうね」

「ええ、もちろん読みました。わたしは彼が展開している批判を検討し、実験を試みました。わたしが用いた実験装置は、ラターの説を裏づけるかたちで、間違いを犯しているのはラターではなく、ドイツの碩学《せきがく》たるライヘンバハのほうであることをはっきりと示しました。彼が犯した誤りの原因はいたって単純なもので、パラフィンとクレオソートを発見した高名な学者ともあろう人がなぜそれに気づかなかったのか、まことに驚くべきことです」

すると主人の顔がほころんだ。われわれが意気投合したことの何よりの証しだった。

「あなたが実験に用いたのは、ラターが考案した旧式の振り子ですか？　それともレジェ博士の手になる改良型の振り子ですか？」

「後者です」わたしは答えた。

「そのほうがいいでしょう。それで、あなたの研究によると、ライヘンバハが犯した過ちの原因は何だったのでしょう？」

「つまりこういうことです。被験者たちは、分析対象に選ばれた物質の量に暗示を受け、実験装置になんらかの影響をおよぼしたのです。一エスクルプロ[7]のマグネシウムによって誘発された振動が四ライン[8]の振幅を示したとすれば、原因と結果の関係についての一般的な考え方にしたがって、たとえば重さが十グラムに増えれば、それだけ振幅も大きくなると考えざるをえないわけです。ライヘンバハ男爵の被験者たちは、おおむね科学的な思考とは無縁の人たちでした。そして、そのような実験を試みる者は、真実とみなされている概念が、とりわけそれが理にかなった概念である場合、いかに強い影響をその手の被験者におよぼすものか当然心得ているものです。まさにここに誤謬の原因がひそんでいたわけです。振り子は、分析対象に選ばれた物質の量に

6　カール・フォン・ライヘンバハ。一七八八―一八六九。ドイツの自然科学者・哲学者。パラフィンとクレオソートの発見者。動物磁気を研究し、電気・磁気・熱・光の中間に新しい力があると考え、それを「オド」と命名した。

7　薬量の単位で、一・一九八グラム。

8　長さの単位で、一ラインはおよそ二・一二ミリ。

影響されるのではなく、その性質にのみ影響されるのです。ところが、物質の量の増加が何らかの影響をおよぼすにちがいないと被験者が思い込んでいる場合、振幅もそれだけ大きくなります。と申しますのも、思い込むというものはひとつの意志作用にほかならないわけですから。振り子を前にした人間が物質の量の変化について何も知らない場合、振り子はラターの説の正しさを証明するはずです。錯覚が消え去れば……」

「いよいよ錯覚の登場というわけですか」男は不快の色をあらわにしながら言った。

「わたしは、すべてを錯覚によって説明しようとするような人間ではありませんし、少なくとも、しばしば見られるように、錯覚と主観性の問題を混同するような人間でもありません。わたしに言わせれば、錯覚というものは、ひとつの精神状態というよりはむしろ、ある種のエネルギーなのです。そう考えると、さまざまな現象のほとんどが説明可能なものとなるでしょう。これはごくまっとうな理論だと思いますが」

「残念ながらそれは間違っています。いいですか、たしか一八七二年のことだったと思いますが、わたしはロンドンで霊媒師のホーム氏[9]と知り合いました。その後、どこまでも唯物論的な観点から、クルックス[10]による実験を興味深く追いかけました。ところが、七四年に起きたある出来事のために、わたしにとってすべてが明らかになったのです。物事をうまく説明するためには、錯覚だけでは不十分なのです。信じていただきたいのですが、亡霊というものは独立した存在であって……」

「ちょっとした脱線をお許し願いたいのですが」わたしはそう言って相手の言葉をさえぎり、過去の話が出たついでに、男の素性についてのわたしの推測が正しいかどうか確かめようとした。「ぜひお聞きしたいことがあるのですが、もちろんぶしつけな質問でしたら、お答えいただかなくてけっこうです。あなたには軍人としての経歴がおありですか？」

「ええ、ごく短いあいだでしたが。インド駐留軍の准尉まで昇進しました」

「インドはあなたにとってさぞかし興味をそそる研究分野だったでしょうね」

「いいえ。わたしが行きたかったのはチベットなのですが、戦争のために、そこへ行く道が閉ざされてしまったのです。カーンプル[11]まで行ったところで足止めを食ってし

9　ダニエル・ダングラス・ホーム。一八三三―八六。霊媒師として名をはせた。

10　ウィリアム・クルックス。一八三二―一九一九。イギリスの化学者・物理学者。真空放電の研究に従事し、クルックス管を発明。心霊学や霊媒に関する研究でも有名。

まいました。その後すぐに健康上の理由からイギリスへ帰国しました。そして一八七九年にイギリスからチリへ渡り、一八八八年にチリからアルゼンチンへやってきたのです」

「インドではご病気を？」

「ええ」かつて軍人だった男は悲しげな面持ちで答えると、ふたたび部屋の片隅に目を向けた。

「コレラですか？」わたしはなおも訊ねた。

男は左手で頬杖をつくと、わたしの頭上をぼんやり眺めた。そして、うなじに生えるまばらな毛髪に差しこまれた親指を動かしはじめた。わたしは、これはきっとなにか重大な打ち明け話がはじまる前兆にちがいないと考え、相手の言葉のつづきを待った。屋外の暗闇ではコオロギが鳴いている。

「それよりもっとひどいものです」男は語りはじめた。「あれはまさに神秘でした。あれからもうじき四十年になります。まだ誰にも話したことはありません。話したとて何になるでしょう。おそらく誰にも理解してもらえないでしょうし、狂人扱いされるのがおちです。わたしは悲嘆に暮れる男ではありません。絶望した人間なのです。

八年前に妻に先立たれましたが、わたしを蝕んでいる不幸を彼女が知ることはありませんでした。幸いにして子どもはいません。わたしはあなたこそ、わたしの話を理解してくれる初めての人だと確信しているのです」

わたしは感謝の気持ちを込めて頭を下げた。

「科学。自由な科学。派閥ともアカデミーとも無縁な科学。それはなんと美しいものでしょう！　しかし、あなたはまだその入口に立っているにすぎない。ライヘンバハの言う流体などまだほんの序の口にすぎません。これからお話しすることは、人間がはたしてどこまで行き着くことができるものか、それを明らかにしてくれるはずです」

男は興奮していた。文法に忠実な、ぎこちないスペイン語には、ところどころ英語がまじっていた。時折はさまれる間《ま》が男の話に重々しい感じを与え、外国語なまりのスペイン語のわりには奇妙なリズムを備えていた。

「一八五八年の二月」男はつづけた。「わたしは喜びというものをすべて失いました。

11　インド北部、ガンジス川中流右岸に位置する都市。

あなたはおそらくヨガ行者についてお聞きになったことがあるでしょう。奇跡を起こすための修行と密偵としての活動で知られた、あの風変わりな乞食のことです。[12]彼らが成し遂げた偉業については、すでにインドを旅した者たちの手によって人口に膾炙《かいしゃ》していますから、わざわざここで繰り返すまでもないでしょう。しかしながらあなたは、彼らの力の源がどこにあるかご存じでしょうか？」

「いつでも好きなときに、夢遊病のような状態を引き起こすことによって無感覚の境地に入り込み、透視や予見の力を獲得する能力ではないでしょうか」

「おっしゃるとおりです。わたしは、いかなるごまかしも通用しない状況のなかでヨガ行者たちがそうした能力を発揮するところをこの目で見たことがあります。のみならず、その様子を数葉の写真に収めたのですが、わたしが目にしたことがすべて写し出されていました。つまりこの場合、錯覚などということはありえないのです。化学的な物質が錯覚に陥るなんて、そんなことは考えられないわけですからね……。そこでわたしは、行者と同じ能力を身につけようと思い立ったのです。わたしは何事についても大胆にふるまってきましたし、そのときは、それがどんな結果に行き着くのか、深く考える余裕もありませんでした。わたしはさっそく修行にとりかかりました」

「どんな方法を用いたのですか？」

ところが相手は、わたしの問いには答えず、さらにつづけた。

「結果は驚くべきものでした。わたしはじきに眠りを誘発することができるようになりました。二年が経過するころには、意識の転移が可能になりました。しかし、そのような修練は、極度の不安をわたしにもたらしました。わたしは、自分がひどく打ちすてられているような感覚に襲われ、いまわしい何かが毒のようにまとわりついているのを感じるようになりました。同時にわたしは好奇心の虜になっていました。坂道をどこまでも転がり落ちるようなものです。緊張を持続させることによって、世間体だけはどうにか取り繕っていましたが、わたしのなかで目覚めた能力は次第に御しがたいものになっていきました。放心状態が長くつづくと、自我の分裂が引き起こされるようになったのです。おのれの人格が離れてしまったような感覚、もっと正確に言えば、自分の体が、非我の肯定ともいうべき状態に置かれてしまったような感覚にと

12　この部分は、ラマ僧との放浪の旅の途中で軍隊に拾われてスパイとなる少年を主人公にしたキプリングの小説『キム』から着想を得ているのかもしれない。キプリングの小説も同じくインドを舞台にしている。

られるようになったのです。それがますます嵩《こう》じて、苦悩に満ちた覚醒が訪れるようになったある日の晩、わたしはおのれの分身をこの目で見てやろうと決心しました。忘我の眠りのなかで、わたし自身でありながらわたしから出ていくものがいったい何なのか、それを見届けてやろうと思ったのです」

「それはうまくいったのですか？」

「ある日のことです。もう日が暮れようとしていました。いつものように、いとも簡単に自己離脱が引き起こされました。そして、意識を取り戻したわたしは、部屋の片隅に何かの影を認めました。それはなんと猿でした。なんともいまわしい、ぞっとするような猿が、わたしをじっと見つめているのです。それからというもの、猿はわたしのそばから離れようとしません。いつもそばにいるのです。わたしは猿にとりつかれてしまったのです。どこへ行こうとそいつはついてきます。わたしはいつも、わたし、つまりそいつと一緒なのです。いつだってそこにいます。わたしをじっと見つめているのですが、そいつに近づくことはできません。そいつは、わたしは、けっしてそこを動こうとしないのです」

わたしは、自分が聞いたままに男の言葉を再現し、その最後の部分に現れる代名詞の変化を強調しておいた。男の話を聞きながら、その心の底からの苦悩に言葉を失った。実際のところ、彼は残酷なまでの暗示に苦しんでいたのである。

「どうか落ち着いてください」わたしは親しげな口調で言った。「分裂したものをひとつに戻すことはけっして不可能ではないでしょう」

「とんでもない。そんなことは絶対に不可能ですよ！」男は悲嘆の表情を浮かべながら切り返した。「もうかなりの時間が過ぎてしまったんです。いいですか、わたしはもう統合という概念を失ってしまったんです。二に二を加えると四になることは記憶によって知っています。でももうそれを信じることはできません。算術の単純きわまりない問題ですら、わたしにとってもはや何の意味もないのです。数や量についての確信が失われてしまったのです。そして、これよりもさらに奇妙なことに苦しめられています。たとえば、片手でもう一方の手にさわると、それが自分のものではないような、誰かほかの人間の手であるかのような、そんな不思議な感覚に襲われるのです。物が二重に見えることだってあります。左右の目がそれぞれ別々に機能するのです」

これは疑いもなく、狂気の兆候を示す興味深いケース、完璧な理性をかならずしも排除するわけではない、明らかな狂気の兆候を示すケースだ。

「で、その猿というのは？」わたしは締めくくりをつけようと問いかけた。

「そいつは、わたしの影と同じように黒くて、人間のように物憂げな様子をしています。この言い方はきわめて正確です。なぜなら、いまもわたしはそいつを目にしているからです。並みの大きさで、顔つきも普通の猿と変わりません。しかし、そいつはわたしに似ているような気がするのです。わたしはどこまでも冷静です。その生き物はわたしに似ているのです！」

男は現に落ち着いていた。とはいえ、猿の顔と言われても、それは男の顔の際立った輪郭や高く秀でた頭蓋、まっすぐ伸びた鼻とあまりにも鮮やかな対照をなしていた。したがって、男の錯覚がはらむ不条理よりも、両者がまさに鮮やかな対照をなしているという事実ゆえに、わたしのなかに不信感が芽生えてくるのをどうすることもできなかった。

男はわたしの気持ちを読みとったようだった。そして、重大な決意を胸に秘めた様子で決然と立ち上がった。

「あなたにもそいつを見ていただくために、これから部屋のなかを歩いてみましょう。どうかわたしの影から目を離さないでください」

男はランプを持ち上げ、テーブルを台所の端に移動させると、部屋のなかを歩きはじめた。すると、かつて味わったことのない驚愕がわたしを襲った。男の影はまったく動かなかった。腰から上の上半身が部屋の片隅に映し出され、淡い色の木の床に下半身の影が伸びている。それは、主人が近づいたり遠ざかったりするたびに皮膜のように伸び縮みした。ところが、男を照らす光の角度がどのように変化しても、影は微動だにしなかった。

なにか途方もない錯乱状態に陥ってしまったのではないかという不安に襲われたわたしは、決定的な実験を試みることによって迷妄から目を覚まし、同時に主人の迷いを覚ますことができるのではないかと思った。そこでわたしは、影の輪郭を鉛筆でなぞることを申し出た。

許しを得たわたしは、湿らせた四つのパン屑を用意し、顔の影がちょうど真ん中にくるように一枚の紙を壁に張りつけた。言うまでもなくわたしは、男の顔とその影がぴったり重なり合う（そうなることは誰の目にも明らかだったが、幻覚にとらわれていた男は、それとはまったく反対のことを主張するのだ）ことを証明し、それによって影の正体を突き止め、なぜそれが動かないのかを、確かな根拠にもとづいて解明しようと考えたのだ。

黒い染み——それは男の輪郭を忠実になぞっていた——の上に置かれたわたしの指がいささかも震えなかったと言えば嘘になるだろう。しかし、これは確信をもって言えることだが、染みをなぞるわたしの鉛筆には寸分の狂いも生じなかった。そして、ハートマス社製の青鉛筆で一気に線を描き、それが終わってからも、いきなり紙をはがすようなことはせず、紙の上に描かれた線が影の輪郭を正確に写し取り、それがさらに幻覚にとらわれた男の顔の輪郭と一致していることを、綿密な観察を通じて確かめた。

主人は実験の成り行きを興味深く見つめていた。わたしがテーブルに近づくと、抑えきれない興奮のために彼の両手が震えているのがわかった。なにやらいまわしい結末を予感しているかのように、わたしの胸は高鳴っていた。

「あなたは見ないほうがいいでしょう」わたしは言った。

「いや、なにがなんでも見てやりますよ!」有無を言わせぬ口調に気圧《けお》されたわたしは、手にした紙を思わず光にかざした。

われわれの顔は真っ青になった。青鉛筆の線は、扁平な額、押しつぶされた鼻、獣のような鼻面を描いていたのだ。猿だ！　なんとおぞましいことだ！
最後に、わたしには絵の心得がないことを付け加えておこう。

チョウが?

¿Una mariposa?

1897

ぼくはアリシアが望むようには、花のあれこれについての話を聞かせてあげることができなかった。しかしそれも無理のないことだった。そこでぼくは話題をチョウに転じた。すると彼女は一心に耳を傾け、昆虫の生態をめぐるすべてのことに強く心を引かれたようだった。白みがかった幼虫、繭をつくる巧みな業《わざ》、若返りと影の夢にまどろむ神秘の蛹《さなぎ》、光の溜め息に包まれるように太陽の愛に目覚める翅《はね》……。昆虫についてのぼくの知識もいよいよ底をついたので、ふたたび話題を転じようとしたとき、彼女は、十三歳の少女の愛らしいわがままぶりを発揮してこう言った。「チョウのお話をしてちょうだい」

ぼくは彼女にチョウのお話を、むろん愛の逸話にも事欠かないチョウのお話を喜んで聞かせてあげることにした——。

フランスの学校へ入るためにいよいよ旅立たなければならなくなったとき、リラはいとこのアルベルトと語り合いました。たくさんのことを語り合ったにちがいありません。なぜならふたりは、三時間も休むことなく話しつづけたからです。とても大切なことについて語り合ったにちがいありません。というのもふたりは、小声でささやき合っていたからです。そして、悲しい話をしていたにちがいありません。なぜなら、ふたりが別れを告げたとき、アルベルトは目を泣きはらし、リラの小さな鼻は真っ赤に染まり、ハンカチがぐっしょり濡れていたからです。少なくともハンカチはいつもより湿っていて、それはヘリオトロープがたくさんあったからではありませんでした。[1]

リラが旅立った日の昼下がり、おばあさんの家は大きな悲しみに包まれました。アルベルトは、泣いている憐れなおばあさんを見つめながら、こんなことを考えていました。おばあさんが黒い服を着ているのは、死んだぼくのお父さんの喪に服しているからだ、そして、ぼくのお母さんは、ぼくが生まれたときに死んでしまったんだ、と。

1　強い芳香を発する花ヘリオトロープに催涙作用を連想したルゴーネスの着想か？

そんなふうにして、沈黙に包まれた長い憔悴の日々が過ぎていきました。アルベルトは、何を言えばいいのかわからなかったので、おばあさんに話しかけようとはしませんでした。おばあさんも、とても悲しそうにしているアルベルトを見て、その悲しみを慰める方法がどこにもないことがわかっていただけに、ただ泣くことしかできませんでした。ふたりが恋人同士であることに気づいていたおばあさんは、本当の恋人同士ならたくさん泣かなければいけないことを知っていたのです。

アルベルトがチョウを捕るようになったのはそのころです。繊細な手つきで虫取り網を操り、美しい獲物を分類し、一頭ずつ翅を左右に広げてピンを刺し、まばゆいガラスケースのなかに芸術作品のように並べてゆくことを学んだのです。おかげでアルベルトは寂しさを忘れることができました。もっとも、とりわけ空がぼんやりした色に染まり、木々が沈黙に包まれる昼下がりになると、リラのこんな言葉を思い出しては涙を流すことがありました。「もしあなたがわたしのことを忘れてしまったら、きっと思い出させてあげるわ。きっとよ。ずっとあなたのことが好きだったんですもの」でも、本当のことを言うと、アルベルトがたくさん泣くことはありませんでした。日が経つにつれ、泣くこともだんだん少なくなっていきました。

アルベルトはますますチョウに心を奪われるようになりました。日を追うごとに美しく、立派になってゆくコレクションのことしか考えられなくなってしまったのです。アルベルトの満ち足りた様子を目にしたおばあさんは、その静かな深い愛着を後押しするようになり、おかげでアルベルトは、ピンやガラスケースの不足を嘆くこともありませんでした。やがてリラは、彼のなかで単なる思い出となりました。彼女のことはとても好きでしたが、泣きたい気持ちは少しも起こりませんでした。彼が考えることといえば、「ぼくのコレクションを彼女に見せてあげることができたらなあ」ということくらいでした。なんといってもまだ十七歳の少年だったのです。

――「ぼくも十七歳のときに恋人がいたんだけど、彼女はほんの一晩にしてぼくの心のなかから消えてしまったんだ。物事はそういうふうになっているらしいね。この世は悲しいことばかりなんだ」

そういうわけで、もはやアルベルトはリラのために涙を流すことはありませんでした。そして、彼の心をさらに夢中にさせる出来事が起こったのです。

ある昼下がり、アルベルトは虫取り網を手に、庭のシナノキの下を歩いていました。輝かしい雲のあいだから差しこむ日の光が地上に降り注いでいました。まるで、ひっくり返された聖杯からあふれ出る深紅の葡萄酒が、神を冒瀆するかと思われる壮麗きわまりない聖体行列の上に、血の雨となって降り注いでいるかのようでした。木々の下には静寂が広がっていました。アルベルトはそのとき、それまで見たことのないチョウを茂みの上に見つけました。白いチョウでしたが、翅の上には青い染みがふたつ、二輪のスミレの花のように描かれています。そんなチョウは標本でも図鑑でも見たことがありません。それはまさに驚くべき新種のチョウでした。アルベルトはそれを何としても手に入れたいと思ったにちがいありません。彼は夢中になって追いかけました。ところがチョウはとてもすばしこく、網の外にひらりと身をかわしてしまうのです。そうかといって視界の外に消えてしまうこともありません。そうこうするうちに日が暮れて夜になりました。アルベルトはがっかりした気持ちで床につき、ふたつの青い染みのある白いチョウの夢を明け方まで見つづけました。つぎの日も同じ場所で白いチョウを見つけ、そのあとを追いかけましたが、最後まで捕まえることができず、前の日の晩と同じようにチョウの夢を見ながら夜を過ごしました。そして三日目、またもや一時間ほどむなしくチョウを追いかけまわした挙句、ここにリラがいてくれたらきっと手を貸してくれたにちがいない、そうすればこんなに苦労することもなかっただろうに、と考えました。するとそのとき、チョウは彼のすぐそばまで飛んできて、スイカズラの上にとまりました。アルベルトは虫取り網でチョウを捕まえると、歓喜の声を上げました。ついに生け捕りにしたのです。

おばあさんもそのきれいなチョウを見て感心しました。チョウはすぐに、その見事な翅を傷つけまいと細心の注意を払うアルベルトの手によって、長いピンを刺されました。

ところが、なんと不思議なことでしょう！　翌朝になってもチョウはまだ生きていたのです。強烈な毒に息の根をとめられることもなく、翅をぴくぴく動かしている様子は見るも憐れでした。いつまでもそうしているので、美しい鱗粉が少しずつはがれ落ち、ちょうど六日目には（憐れなチョウの苦しみはそれほど長くつづいたのです）、色あせた左右の翅の骨組みが残るばかりとなりました。

するとついにおばあさんが口を挟み、アルベルトも、死ぬまいともがきつづける健気な昆虫をそれ以上手もとに置いておくことに興味を感じなくなってしまったのでしょう、ピンをはずして逃がしてやることにしました。解き放たれたチョウは、いくぶん弱っているようにみえましたが、やがて風のなかへと消えていきました。

――「それで、リラはどうなったの？」アリシアが好奇心にかられて尋ねた。

「リラのお話はとても短くて悲しいものだよ」ぼくはそう言うと、話をつづけた。

おとなしく、寂しげな様子のリラは、学校でもすぐに人目を引き、入学して間もなくふさぎの虫にとりつかれて病気になってしまいました。でも、それを口に出して言うことがなかったので、誰も彼女の異変には気づかなかったのです。目に見える変化といえば、顔がひどく青ざめ、勉強が終わるといつも泣いていることぐらいでした。夜になると夢を見るようでした。寝る前にこんなことを言うのをルームメイトの女の子が聞いたのです。「こっちが夜のとき、わたしの国は昼なのよ。眠っているあいだに、向こうにいる夢を見るんだけど、それがわたしの心を慰めてくれるの」

リラの青ざめた顔を見ても、誰も心配しませんでした。気候が変わって、家族から離れて暮らしているのだから、少しくらい体の調子がおかしくなっても不思議はないからです。彼女が無口なのも、フランス語がほとんどわからないせいだと思われていましした。それに、お嬢さまの集まる寄宿学校では、物静かなことが美徳とされていたので、リラはきわめて品行方正な生徒ということになってしまいました。そうやって十カ月が過ぎたある朝、彼女は、小さな白いベッドのうえで冷たくなっていました。周りの人々は、顔が青白くて無口だったことが死を招いたのではなく、まるで月の光に包まれるように、とてつもない冷気に覆われたことが少女の命を奪ったことを知りました。

医師は、死因となった病気を突き止めることができませんでした。ただ、彼女の体を仔細に観察すると、胸と背中のところに虫刺されのような赤い小さな斑点がふたつ、かすかに認められました。そのほかには何も見つかりませんでした。少女の墓にはアイリスの花が手向けられたということです。

――ぼくがアリシアにチョウの話をしてあげたバルコニーはすでに夜の闇に包まれていた。頭上には、影に支配された重々しい静寂のなかで、オリオン座の七つの星が輝いていた。ぼくらに聞かせるわけではない何事かをささやきながら、風が通り過ぎていった。ぼくは不意に、リラの魂を呼び覚ましてしまったことに気づいた。でも、いったいどんな権利があって？　純潔が雪であることが、涙に暮れる雪であることが、ぼくにはよくわかっていなかったのだろうか？　いま語り終えたばかりの物語が引き起こした感動を吸収してくれるようなありきたりのエピローグを、ぼくはむなしく探し求めていた。するとそのとき、傍らにいるアリシアが、夜の闇にかき消された姿のまま訊ねた。

「それで、アルベルトはどうしたの？」

慰めを与えてくれる希望がぼくの心のなかで輝いた。

「アルベルト？」

「そうよ、アルベルトよ。彼はそれからどうしたの？」

星が平然と見下ろしている。

「おばあさんと一緒に、とても満ち足りた生活を送ったんだ。標本のチョウがひとつなくなってしまったことを悲しんだけれどね」

「……チョウが、ですって？」

デフィニティーボ

El "Definitivo"
1907

精神病院の庭で、憐れみを誘うような、正気を保った悲しげな口調で、狂人はみずからの病状について語りはじめた。

「ぼくはあるとき突然、病気になってしまったんです」彼は言った。「あのデフィニティーボ[1]がやってきたときに」

「デフィニティーボ?」われわれは聞き返した。

「あなたがたには見えませんか?」彼は苦々しい非難を込めて訊ねた。「ここにいる患者はみんな知っていますよ。でも、お医者さんたちは知らないほうがいいんです。きっとぼくらを笑いものにするでしょうから」

こうして彼はみずからの体験について語りはじめた——。

――ぼくはその日、星の輝く夜ふけに帰宅しました。十ブロックの道のりを、涼しい風を感じながら、胸を張って、靴音高く帰ってきたのです。ぼくはくつろいだ気分でガルドス[2]の小説を読もうと、蠟燭の光を明るくして、いつものようにベッドに横になりました。家には寝室と書斎がありました。書斎はもちろん暗くしてありました。ふたつの部屋をつなぐ扉は、いつも開け放してありました。そこからあのデフィニティーボが入ってきたんです。

そいつは音も立てずにそっと入ってきました。天井を見ながら、両手をポケットに突っこんで、まるで貸家でも検分しているみたいに。グレーの背広に黒い帽子。どこにでもいるような人間です。

つぎの瞬間、ぼくはそいつがデフィニティーボであることに気づきました。この点について疑いの余地はありません。とはいえ、そいつに関する予備知識はまったくありませんでした。たしかなのは、それがまちがいなくデフィニティーボだった、とい

1　〝決定的なもの〟を意味するスペイン語。
2　ベニート・ペレス・ガルドス。一八四三―一九二〇。スペインの写実主義を代表する小説家・劇作家。

うことです。

ぼくは本を読んでいるふりをしました。そいつの顔を見ることはできませんでした。恐怖はまったく感じませんでした。だから、そいつが姿を現したというばかげた状況を意識するなり、そして、自分があくまでも冷静さを保っていることを自覚するなり、体がガタガタ震えだすだろうということがよくわかっていました。

わが客人は、ぼくのほうを見ることはなかったと思いますが、そのままベッドに近づくと、まるで脈をとろうとするかかりつけ医のように腰を下ろしました。そして、こちらに背を向けたまま、長いあいだじっとしていました。両足をしっかりと組み、一心に爪を噛んでいるような姿勢で背中を丸めているのです。

ぼくは、こういう場合、小説の登場人物たちがどのような心理状態に置かれるものなのか、記憶を探ってみました。はたして自分は眠っていたのか？　それとも目覚めていたのか？　まったくばかげた問いです。自分がいつ目覚めているのかを知らない人間なんているはずがありませんからね。

生命の存在をうかがわせる物音を聞き取ろうと、静寂のなかで耳を澄ましてみましたが、何も聞こえません。叫び声ひとつ、身振りひとつあれば、ぼくはまちがいなくデフィニティーボから解放されるのです。物音や動きがあれば幻影はたちまち消え去るはずですからね。でも、そのためには、デフィニティーボという言葉の意味がまったくわからないという条件が満たされなければなりません。もちろんぼくにはそんなことは不可能でした。実際のところ彼はデフィニティーボではなかったでしょうか？　デ、フィ、ニ、ティ、ボ、では？

　我を失い、空中ででんぐり返しを打ったみたいに体が上下逆さまになってしまったことにはたと気づいたぼくは、助けてくれ！　と叫んだのですが、何も聞こえません。ただ、左手の洋服ダンスの鏡に映る自分の叫び、とてつもなく大きくて真っ黒な口から発せられる、黒々とした巨大な叫びを目にしただけでした。

　ぼくはこの出来事を誰にも話さないようにしています。常軌を逸したことですからね。それに、ぼくの頭が変になっていると思われてしまいます。でもあの出来事は、ある種の喚起《エボカシオン》でもあったんです。あのデフィニティーボの喚起です[3]——。

3　近代魔術の伝統では、口寄せや神降ろしなどによって霊を呼び出す行為を「喚起」という。

彼は、そう言うと不意に口を閉ざし、無関心を装おうとしながらも何かに怯えるような視線を、患者たちが日光を浴びながら昼食後の穏やかなひと時を過ごしている広い庭に向けた。

すると、単なる偶然の一致、あるいは取るに足りないばかげたことだったのだろうか——私にわかるはずもない！——、患者たちは、ことさらゆっくりとした足どりで、こっそり逃げ出すみたいに、次第に急ぎ足になって遠くへ離れていった。男の話を聞いたはずはない。そして、ひどくぼんやりした影、というよりも、燦々《さんさん》と降り注ぐ日射しの陰りのようなものが、われわれの横を通り過ぎていった。

暑さが一瞬やわらいだような気がした。

すると先の狂人が、私の背中にそっと触れながら言った。

「あれがデ、フィ、ニ、ティ、ー、ボですよ」

アラバスターの壺

El vaso de alabastro

1923

アルベルト・ヘルチュノフ[1]に捧ぐ

ミスター・リチャード・ニール・スキナーは、「民間技師協会員（AICE）」、「王立地理学会員（FRGS）」、「エディンバラ古物研究会会員（FASE）」の肩書をもつスコットランド人技師である。そして、アスワンとカイロを結ぶ鉄道会社の課長を務めている。アスワンは、ナイル川を利用した有名なダムが第一の滝のすぐそばにあることで知られている。

わたしがここで氏の肩書と職業に言及するのは、それが正確な人物紹介には欠かせないからだ。ロンドンからブエノスアイレスにやってきた彼は、二週間ほど前からわれわれ仕事仲間のもとに滞在している。恐れ多くもわたしが交誼《こうぎ》の栄を賜っている偉大な作家カニンガム・グレアム氏[2]の推薦を受けて、わたしのところへやってきたのだ。

ニール氏は、今度の金曜日の午後五時十五分から、滞在先のプラザ・ホテルのサロンで、エジプトの古代魔術に関する最新の発見をテーマにした対話集会を予定している。そのため氏は、右のような人物紹介の労をとるようわたしに依頼した。誇張された不正確な情報によって、何やらよからぬことを企んでいるペテン師とみなされることはぜひとも避けたいというのがその理由だった。そうした事態がいかなる不評を招くものかを心得ている彼は、さらなる用心として、しかるべき資格を備えた人士、すなわち、くだんのテーマに関するそれなりの歴史的知識（ローリンソン[3]やマスペロ[4]に関するいくばくかの知識があればそれで十分なのだが）を持ち合わせている人士のみ

1　一八八三―一九五〇。ルゴーネスの友人であったジャーナリスト、作家。ロシアに生まれ、幼少のころアルゼンチンに移住。
2　一八五二―一九三六。スコットランドの作家・政治家。南米・南欧を旅行し、紀行文やエッセーを書く。アルゼンチン滞在中に馬で国内を旅した。
3　ヘンリー・ローリンソン。一八一〇―九五。イギリスの軍人・考古学者。ダレイオス一世の碑文に記されている楔形文字の解読に成功した。
4　ガストン・カミーユ・シャルル・マスペロ。一八四六―一九一六。フランスの考古学者・エジプト学者。カイロ博物館長に就任し、エジプトの歴史、宗教、考古学に関するすぐれた研究を残した。

を招待するつもりらしい。したがって、集会への参加を希望する者は、氏に直接問い合わせなければならない。ちなみにニール氏はフランス語を正確に話すことができる。

　さらにつけ加えると、黒いひげを蓄え、歳月を閲《けみ》した青白い顔の学者たち、とらえどころのない、人目を引く緩慢な足どりで、賞賛のまなざしを浴びつつさまざまな国のホテルを渡り歩く学者たち、そんな人種から彼ほどかけ離れた人物はいないだろう。ニール氏は赤ら顔の陽気な人物で、しかしわたしの印象では、内気なところがあるようにも見受けられる。歓迎の挨拶をしようとホテルを訪ねると、彼はまさに学校の生徒のようにはしゃいでいた。というのも、ホテルで偶然、彼と同じ堅牢なる都市アバディーン出身で、マーシャルカレッジ時代の同級生にばったり出くわしたからだ。その人物とは、ミスター・フランシス・ガスリー。服装といい、そばかすとしわだらけの肌といい、まるで遠い異国の地の花崗《かこう》岩に彫り刻まれたかのようなスコットランド人である。

　このたびのニール氏の旅はなんら隠密なものではない。当地の頑丈な木材を検分するというじつに味気ない任務を遂行するための旅である。というのも、エジプトの鉄道管理局が、ぬかるんだ土地に埋めこむための土台として当地の木材が役に立つかどうか試してみたいと考えているからだ。

エジプトの古代魔術をテーマとする集会を開きたいという意向を聞かされたわたしは、さっそく彼に、考古学の発展にかってないほど寄与することになった最新の発見について訊ねてみた。

「エジプトでは」氏は言った。「誰もがみな考古学者のようなふるまいをするものです」

そして、思考の糸をたぐり寄せるようにつづけた。

「あそこでは、考古学は抗いがたい魅力ですからね」

ホールを横切る若者たちの活気に満ちた話し声が氏の言葉をしばしさえぎった。

「わたしの場合」彼はふたたび話しはじめた――。

――わたしの場合、考古学に熱中するようになったのはかなり遅くなってからのこ

5 スコットランド北東部の都市。市の建物の多くが花崗岩でできており、「花崗岩の都市」と呼ばれることもある。

とです。それは起こるべくして起こったのですが、普通とはちがった経緯をたどるものでした。

　そのころ狩猟に熱中していたわたしは、休みになるといつも狩りに出かけていました。ある日、ひとりのエジプト人の若者の命を正確な射撃の腕前によって助けるということがありました。センナールの隊商《キャラバン》から逃げてきたその若者は、川で水浴びをしているときに、いまやほとんど伝説にしか登場しないような巨大なワニ、とはいえ滝の向こう側にいまも生息していて、何百キロもの道のりを探しに行くだけの価値はある真の怪物ともいうべきワニに襲われたのです。

　噛まれた左腕がほとんど使い物にならなくなってしまったにもかかわらず、ムスタファという名のその若者は、イスラム教徒に特有の、とりわけ命の恩人に対するあの尽きせぬ感謝の念をわたしに抱きました。彼らは、同じような行為をすることによって初めて自分が受けた恩に報いることができると考えるものです。片腕が使えなくなってしまった不遇を慰めるために彼を使用人に取り立てたことが、わたしへの忠誠心をいっそう掻き立てたようです。

　当時わたしが滞在していたイスナーの町[6]、古代ギリシア人がラトポリスと呼んだ町に帰り着くと、ムスタファはとても珍しいふたつの宝飾品、それも年代物の宝飾品を譲ってくれました。ムスタファこそがわたしの好奇心を目覚めさせたのです。ふたつの宝飾品のうちひとつは、鷹をかたどった黄金の七宝細工で、もうひとつは、紅玉《こうぎょく》髄《ずい》[7]の指輪、それも印章が刻まれた指輪でした。「生命」を意味する象形文字〈アンク〉[8]が刻印された指輪は、身を守るための護符のようなものです。

　普通の発掘作業による出土品のなかでは明らかに希少な部類に属するそれら宝飾品の出所をいくら聞き出そうとしても、あるいは、貴重な遺物や骨董品の隠匿もしくは取引を罰する法律があることをいくら説き聞かせても無駄でした。ムスタファは、アラビア語ではありきたりの文句、「それを知ることがいったい誰にできるというのでしょう！　アラーよ、わが無知を憐れみ給え」とか「全知なるはアラーのみ」といった言葉を口にするばかりで、こちらの問いかけをはぐらかしてしまうのでした。

6　エジプト中部キナー県の町。ナイル川西岸に位置する。

7　カーネリアンと呼ばれる鉱物の一種。

8　古代エジプトで使用された「生命」を意味する言葉で、それを表すヒエログリフは護符や装飾の図柄としてよく用いられた。「エジプト十字」とも呼ばれる。

じつは、アラビア語と古代エジプト語の混成語に由来する農民《フェッラー》と呼ばれる彼らは、巷説《こうせつ》とは裏腹に、多くのことを知っているにもかかわらずそれを軽々しく口にすることはけっしてないのです。彼ら土着の民のなかに眠りこんでいたかにみえた民族感情は、つい最近もわが同胞たちに一再ならず驚きを与えました。[9]

キャラバンの宿営地のひとつとして知られるイスナーの町に生まれたムスタファは、その町でキャラバンに加わり、そこから逃げ出したところでワニに襲われたのですが、発掘のエキスパートでもありました。というのも、イスナーの町は、かの有名な古代都市テーベからわずか四十五キロしか離れていないからです。数々の発掘調査に日雇いで従事してきた彼は、いわばたたき上げの発掘者だったわけです。

まだ子どもの時分から、ホメロスが描いたアキレウスの盾に登場する[10]ブドウの摘み取り人のように、歌をうたいながら作業員たちを鼓舞する仕事を与えられた彼は、やがてがれきを入れる大きな籠を担ぐようになり、青年期に達するころには鍬《くわ》をふるうまでになりました。そのようにして実地の経験を積み上げていったのです。

ムスタファには、あの民族に特有の才能が具《そな》わっていました。すなわち、どんな小さなものも見逃さない鋭い観察眼です。しかし、過酷な労働と乏しい稼ぎに嫌気がさして転職を決意した彼は、キャラバンに加わることになりました。ところがそこでも苛烈を極めるラクダ引きの仕事に耐えることができませんでした。繊細な神経の持ち主だった彼は、同じ階層の人々と較べても虚弱な体質だったのです。その後、わたしの下で雑用をこなすようになった彼は、やがて助手として働くようになりました。

結局のところムスタファ自身もよく知らないにちがいない宝石の出所をいくら詮索しても無駄だと悟ったわたしは、かなり前に古代エジプトのハトシェプスト女王[11]の壮麗な墓が発見されて以来、かの有名な王家の谷の名を広く知らしめることになったファラオたちの墓について執拗に問いただしました。遠回しな質問を繰り返した末に、どうやらムスタファは重要なルートをいくつか知っているらしいとの確信を得ました。しかし、それを教えてくれといくら懇願しても、悲しげな表情を浮かべるだけで、

---

9 一八八二年にイギリスの軍事支配下に置かれたエジプトでは、エジプト民族運動を背景とする反英独立闘争がたびたび繰り広げられた。

10 ギリシア神話の英雄アキレウスがヘクトルと戦うときに用いた盾。ホメロスの『イリアス』第十八歌での描写が有名。

11 古代エジプト第十八王朝の女王。在位前一五〇三頃―前一四八二頃。

いっこうに口を割ろうとしないのです。

「きっと取り返しのつかないことになります」彼はそう断言しました。

そして、重々しい口調でつけ加えました。

「誰も足を踏み入れたことのない王家の墓に入ろうと考えてはいけません。墓守を冒瀆しようなどという物騒な考えは捨てることです。王の怒りを買うことはまぬかれませんから」

「わかってるさ」わたしは冗談めかして言いました。「ミイラの復讐を描いた有名な物語もあるくらいだからね」

驚いたことに、陽気なニール氏はここで思いつめたような表情を浮かべて押し黙った。そして、手にした葉巻の先端の灰をちらりと見た。

「じつは、その言葉にはなにがしかの真実が含まれていたのです」氏は淡々とした口調で言った。

「なんですって。あなたはまさか……」わたしは信じられないといった身ぶりを示しながらそう口にした。

「わたしはべつに何かを主張するためにこんな話をしているわけではありません。ただこの目で見たことをお話ししているだけなのです」氏は、声の調子を変えずに言った。

そして、わたしを落ち着かせようとするかのような手ぶりを交えながらつづけた。

「わたしの話が本当かどうか、あなたご自身が判断されたらよろしいことです。しかし、ある種の順序にしたがってお話しすることをお許しください。職業柄、七面倒な報告書の癖が染みついてしまっているものですから」彼はそうする必要があると感じたのだろう、ほほ笑みを浮かべながら最後にそう言った――。

――ある日わたしは、ムスタファを連れてハトシェプスト女王の地下墳墓を訪れ、象形文字の精華ともいうべき、あの栄光に満ちたエジプト第十八王朝時代のいわば古典期に属する文字体系をじかに検分する機会に恵まれました。明瞭さ、大きさ、色、どれをとっても、まさに〈歴史の光に照らされた〉あの大きな壁に比肩するほどの象形文字文書はどこを探しても見つかりません。わたしは助手のムスタファに、彼の興味をかき立てるためというよりはむしろ、自分自身の喜びのために、まるでみずからに言い聞かせるように、エジプト王朝の並ぶものなき花形たるあの威厳に満ちた女帝の事績を語り聞かせました。

そして、誰も指を触れたことのない墳墓、三千年も前の花々をさえ不動の静寂のなかで生き長らえさせてきたあの墳墓が幾世紀もの歳月を超えてささやきかけてくる夢のような出合いを感じながら、わたしは、個人的な思い入れともいうべきもの、おそらくは漠然とした愛に支えられた思い入れを込めてつぎのように口走りました。

「英雄的な女性にして神聖なる女王、彼女は王《ファラオ》として勝利をおさめ、ついにはたくましき裸体と、勝利の像に刻まれた黄金の顎ひげとともに、不滅の生命を手にすることになるだろう。[12]彼女は、香木の国[13]のイチジク[14]をみずからの庭へ持ち帰らせるために、船団を送り出す。そして、神のごとく、香煙をその身にまとう。はるかソマリアの国の香《かぐわ》しき海岸にむけて船団を送り、貴石や貴金属、上質の木材、瑠璃《るり》、象牙を、多大な犠牲をもいとわず持ち帰るよう命ずる、奢侈《しゃし》への飽くなき欲望、そして、むき出しの岩が連なる断崖の下およそ九十ヤードのところを、二百ヤードもの柱廊が走るあの奇跡の墳墓を造りあげる壮挙、これらはまたなんと王たるにふさわしい業《わざ》であろうか」

するとムスタファは、それまでついぞ耳にしたことのない口調で、しかも、やはりわたしのついぞ知らなかった心理的な洞察力を発揮しながら、つぎのように言いました。

「情熱的なその口ぶりからすると、きっとあなたは無防備にもありとあらゆる霊力の影響を被ることになるでしょう。だからこそわたしはあなたを王の墓に案内しようとは思わないのです。お笑いになるでしょうが、いにしえの民は墓を守るために〈肉体を具えた霊〉を置いたのです。それは永遠に目覚めている復讐者です。敵に害をなす方法はそれぞれ異なりますが、いずれも死をもたらします。女王の墳墓の発掘がつづく一年余のあいだにふたりの作業員がみずから命を絶ったのですから」

12 古代エジプト初の女性ファラオとなったハトシェプストは、公の場では顎ひげをつけ、男性の衣装を身につけていたといわれる。

13 現在のソマリアを含む地域を指す。この地は古来、乳香や没薬《もつやく》をはじめとする香料の原産地として知られる。

14 古代から栽培されているエジプトイチジクのこと。古代エジプトでは「生命の木」として扱われた。

わたしはそれからしばらくして、最初はナンセンスに思われた〈肉体を具えた霊〉という言葉、その日いつになく饒舌だったムスタファの口から発せられたその言葉の意味を思い知ることになりました。しかしいずれにせよ、発掘者としての彼の有能ぶりは、思いもよらないほど見事なかたちでわたしの前に示されました。そういうことがあったものですから、しばらくしてロード・カーナーヴォン[15]の秘書から、「エディンバラ古物研究会会員（ＦＡＳＥ）」の肩書が記された手紙が届き、まもなく開始される予定のツタンカーメン王の地下墳墓の発掘調査を手伝ってほしいと依頼されたとき、わたしは申し分のない人材としてムスタファを推薦することを思いついたのです。

「するとあなたはその発掘調査に……」わたしは口を開いた。

「そうです。ムスタファを推薦した人間として、わたしは発掘調査に招かれたのです」

「では、さまざまな臆測を呼んだカーナーヴォン卿の死は、想像力のたくましい連中が口にするように、墳墓の発掘が原因だとお考えですか？」――

――もう一度繰り返しますが、わたしは事実だけをお話しするつもりなのです。助手のムスタファは、墓室の入口に通じる深穴にぶつかったとき、片腕しか使えないものですから、行く手をはばむ石のブロックを取り除く作業に加わることができず、カーナーヴォン卿はじめ発掘作業に招かれていた人たち、あるいは発掘に加わっていた二名の作業員のように、クファ、つまりエジプトではごく一般的に使われる籠に乗って穴の底へ降りていくことができませんでした。平然とした表情を浮かべてはいましたが、その顔は青ざめ、わたしに目で合図を送りながら、いままさに穴の底へ降りようとしている作業員のひとりに注意を向けさせようとしているような気がしました。その男は、すでに中年に差しかかっていましたが、いまだ頑健そうな体つきをしていました。ムスタファは、わたしにうやうやしく近づいてきたかと思うと、こう耳打ちしました。

「護符をお忘れですよ」そう言うと、紅玉髄の指輪をわたしに差し出しました。

15　一八六六―一九二三。イギリスのエジプト学者。同じくイギリスの考古学者であったハワード・カーターを資金援助して、王家の谷でツタンカーメンの墓を発見した。

彼の言うとおり、わたしは服を脱いで丈夫な作業着に着替えるときに指輪を置き忘れてきたのです。この作業着は、地下に潜るときにかならず身につけなければならないもので、この過酷な仕事につきまとう数々の困難のひとつにほかなりません。実際に経験した人でなければ、長い地下通路のほとんどを手探りで進まなければならないことが何を意味するのか見当もつかないでしょう。何世紀にもわたって密閉されていた空気や微細な塵、窯のなかに放り込まれたような熱気、これらが相まって、猛烈な息苦しさが延々とつづくのです。

発掘を描いた物語の読者が思い描くような夢の探検行からこれほどかけ離れたものはないでしょう。地下墳墓に通じる穴を降りていくことは、ぞっとするような危険な体験です。鋭い壁の突起で傷をこしらえないように十分に気をつけなければいけません。エジプト特有の風土のなかでは、どんな小さなかすり傷といえども命とりになることがままあるからです。

山が徐々に風化していくことによる落盤の危険をかいくぐりながら前進するためには、装備をできるだけ軽くする必要があるわけですが、小さな水筒ひとつでは、激しい発汗にともなう喉の渇きを癒すことはできません。しかし何よりもつらいのは、けがを防ぐために丈夫な作業着を身につけなければならないことです。墳墓を抜け出すのに手間取ると、あの地方ならではのもうひとつの危険、つまり、日が傾くと同時に砂漠地帯に襲いかかる急激な気温の低下に見舞われることもありますので、作業着を身につけることは必須なのです。言ってみれば、このいまわしい発掘作業に身を沈める者は、足を踏み入れるときに目にした不吉な山の重み――あの王家の谷の果てしない荒廃の下に埋もれた墳墓の上に、濃密な砂の層となってのしかかる山の重み――を双肩に担うことになるのです。

しかしながら、発見された墳墓の驚異はまさに筆舌に尽くしがたく、さらなる困難に苦しめられたとしても、それだけの価値はあったと言えるでしょう。

ここで墳墓の様子を詳しく説明したり、かの有名な発掘調査隊について語ったりするのは控えましょう。あらゆる雑誌のたぐいを通じてすでによく知られていることですから。ただひとつだけ言わせていただきたいのは、石棺が安置された地下室の手前にある調度品の部屋が開けられたとき、それこそ目がくらむような驚きがもたらされたということです。

ちょっと想像してみてください。発掘から八カ月が過ぎても、部屋のなかの調度品や、像、装飾品、器をはじめとするさまざまな出土品を記載した目録がいまだ完成していなかったくらいなのです。ハトシェプスト女王の地下墳墓が発見されてからというもの、これを上回る貴重な収穫はちょっと思いつきません。ところで、女王の子孫にあたるツタンカーメンは、あの栄光に満ちたエジプト第十八王朝——いまから三千年以上も前にテーベの王たちが古代エジプトをその絶頂に導いた第十八王朝——の最後を飾るにふさわしい人物だったと言えましょう。何カ月にもわたる発掘の日々、最後はなんとも痛ましい疲労困憊に行き着いたあの発掘の日々の苦しみは、永遠ともいえる驚異を前に雲散霧消してしまったのです。

前例がないほどの巨費を要する大事業に全財産を投じたカーナーヴォン卿の気前のよさ、熱意、努力、みずからの命をも顧みない無私の精神には、いくら感謝しても足りないくらいです。しかしいまは本筋に戻ることにしましょう。

石棺が安置された部屋とわれわれを隔てる最後の壁——それはかなり薄い壁でした——を打ち破る瞬間、厳粛きわまりない瞬間がついに訪れました。永きにわたる王の眠りを妨げることは、不吉な予感をかきたてるものであり、ある種の不安をともなうものです。

鍬による最後の一撃とともに舞い上がった土埃が少しずつ収まると、投光器の光に照らされた――というよりも、ほのかに染められた――暗闇に、巨大な石棺が置かれた祭儀の間が現れました。まるで地下深く穿《うが》たれた小さな洞穴を覗きこむわれわれの顔めがけて、亡霊の呼気が吹き寄せてくるようでした。一同は、とてつもなく厳かな空気に包まれ、ぎょっとしたようになりました。

ところがカーナーヴォン卿は、この最後の仕切りを早々と乗り越えてその奥へと足を踏み入れていました。これは氏に与えられるべき当然の権利と言えましょう。彼は、棺の置かれた部屋をすばやく一巡すると、石棺に手を触れることなくその上にかがみこみ、一行に加わっていた高名な人士たちに場所を譲ろうと部屋を出ました。その小さな部屋は、ひとりの人間が入るだけの広さしかなかったからです。

そのときわたしは、部屋の外側、つまり、わたしが立っている入口のところに、アラバスター[16]の小壺がふたつ置かれていることに気づきました。いずれの壺にも、同じ材質でできた円錐形の栓が差しこまれています。

16　美しさを象徴する白色の鉱物。雪花石膏。

カーナーヴォン卿はそのうちのひとつに近づくと、本能としかいいようのない衝動に駆られて壺の栓を回しました。古代エジプトの完璧きわまりない技巧を用いてねじこまれていた栓は、彼の手の動きに合わせて緩みました。それは音もなく滑らかに、驚きに目を見開いたわれわれの前で、壺の口からはずされたのです。

ところが、それよりもはるかに大きな驚きがわれわれを待ち受けていました。壺のなかから、ほのかな、まぎれもない芳香が漂いはじめ、周囲に冷気が広がったのです。

「そのような話をわたしもどこかで読んで驚いたことがあります」わたしは言った。

「そうでしょうとも」ニール氏が言った。「わたし自身、これについては『マンスリー・レビュー』誌に寄稿した文章のなかで言及したことがあります。周知のように、エジプトはいわば化学の国でした。そもそも化学《ケミストリー》という言葉は〈ケム〉あるいは〈クエム〉から来ているようです。これは、旧約聖書の詩篇一〇五からも明らかなように、ヘブライ人がエジプトを指すのに用いた呼称です。[17]また、ハトシェプスト女王が送り出した船団の逸話なども、当時のエジプトで香水がいかに重宝されたかを物語っています。

あの揮発性の物質は、想像を絶するほどの歳月を超えて生き延びます。不滅ともいうべき永続性のなかに封じ込められ、三十世紀ものあいだ幽閉されていたと言うべきかもしれません。古代ギリシア人やローマ人が香水を保存するのになぜアラバスターの壺をことさら好んだのか、その理由がわたしにははっきりとわかりました。あなたもすでにご存じでしょうが、ギリシア語では、香水の保存に用いる高価な小壺はまさしく〈アラバスター〉を意味する言葉で呼ばれるのです。[18]ギリシアとローマがエジプトから受け継いだ数々の遺産のひとつと言えるでしょう。

しかし、芳香よりもなお奇妙だったのは、あたり一面に広がったあの冷気です。冷気と言っただけでは不十分です。ある種の霊妙な冷たさ、メントールのそれにも似た

17　旧約聖書の詩篇一〇五には、「ヤコブはハムの地に宿った」、「彼はエジプトでそのしるしを行ない／ハムの地で不思議を行なった」（関根正雄訳）などの記述がある。おそらくルゴーネスは、ノアの次子ハム（スペイン語表記ではCam）からの連想で、化学とエジプトの関連性を示唆しているのだろう。

18　古代ギリシアで用いられた小さな香油瓶のアラバストロンのこと。

冷たさです。わたしもカーナーヴォン卿も、つかの間の溜め息のようにはかなく消えてしまったあのかすかな冷気を浴びて身を震わせたものです。

壺の上に身をかがめたカーナーヴォン卿は、その口に鼻を近づけて深く吸い込みました。

〈これほどの歳月を閲した芳香は、記憶にとどめておくだけの価値はありますよ〉氏はそう言いました。

部屋の入口で体が軽くぶつかり合い、氏の注意が一瞬そらされた隙にわたしも匂いをかいでみました。

そのとき、ムスタファと言葉を交わしていた農民《フェッラー》が影のごとく割って入り、頭を左右に振りながらわたしを見据えると、断固たる禁止の態度を示しました。

その突然の行動に驚かされながらも、わたしはまったく取り合おうとしませんでした。すると、あの内気な人々のふるまいとはとても思えないような大胆さを発揮して、わたしの腕を乱暴につかんだかと思うと、わたしにだけ聞こえるようにアラビア語でささやいたのです。

〈死の香水《イトゥル・エル・マウト》ですよ！〉

カーナーヴォン卿はちょうど壺に栓を戻したところでした。

それから数週間後、ふたつの壺をあらためて目にする機会を得ましたが、その中身はすっかり消えてなくなり、底のところにごく少量の樹脂状の染みがこびりついているばかりでした。あまりにも量が少ないために、染みの成分を分析することは不可能でした。

〈それから数週間後〉と申しましたのは、墳墓を出たあと、砂漠の寒さにやられてしまったからです。カーナーヴォン卿もわたしも病気で寝ついてしまいました。もっともわたしの場合、それほど深刻な病状ではありませんでしたが。

しかし、墳墓に通じる深穴を後にするときムスタファが口にした一言がわたしの心に突き刺さっていました。用意周到な彼は、わたしの両肩に毛布をかけながら、カーナーヴォン卿のほうを見て小声でささやいたのです。

〈あの人はおそらく死ぬことになるでしょう。アラーよ、われらを守りたまえ〉

〈どうしてそんなことがわかるんだ?〉わたしは鈍い苛立ちを覚えながら叱責するように言いました。

〈変なくしゃみをしていたからです。まるでジャッカルのような〉

そう言われてみると、たしかに犬のようなくしゃみ、いかにも痛々しい乾いたくしゃみを耳にしたことを思い出しました。しかし、そんな迷信など軽く一蹴するつもりでわたしは言いました。

〈きっと寒さのせいだろう。わたしを含めてほかにもくしゃみをしていた人はいたんだからね〉

〈それはそうですが、幸いにしてあなたの場合、復讐者の死の翼にほとんど触れることがなかったのです。あと一週間もすればよくなるでしょう〉

その後、帰宅してからふたたびムスタファと議論を交わし、彼の過ちを冷静に指摘しようとしました。

〈過労とか密閉された空気、張りつめた神経のせいで発熱したんだろう……〉

ところがムスタファは、落ち着いた口調で、またしてもわたしを言い負かしました。

〈墓への立ち入りを防ごうと、いにしえの人々はこの手の用心を怠らなかったのです。無謀にも禁を犯そうとするものは、こうして墓守に引き渡されてしまうというわけです〉

はたして偶然なのか、病床のカーナーヴォン卿はついに起き上がりませんでした。

科学の力によっても癒すことのできなかった奇妙な発熱にとりつかれてこの世を去ってしまったわけですが、その死因については肺炎の診断が下されました。ちなみに、わたしもやはり肺炎の症状に見舞われたのです。彼の死によって、このうえなく有用にして寛大な人物がこの世から失われてしまったのです」

虫刺されによる感染症のような病気が原因だとも言われていたようですが」

「ええ、最初はそのように言われていましたが、それもゆえなきことではありません。先ほどもお話ししましたが、エジプトの気候や風土の下では、ほんのちょっとしたかすり傷といえども命取りになることがあるからです。要するに、これこそクレオパトラの命を奪った毒蛇にほかならない、というわけです。とはいえ、少なくともわたしの場合、肺炎という結果ですみました。カーナーヴォン卿はアラバスターの壺から死を吸い込んでしまったにちがいない、わたしはそう確信しています。

そう考えることによって初めて、ムスタファの口にした逆説的な言葉もしかるべき意味を与えられることになります。死の芳香は、彼の言うように、〈肉体を具えた霊〉、つまり、恐るべき〈墓守〉として誘惑の壺のなかに封じ込められていた復讐者、〈永遠に目覚めている〉復讐者だったのです。想像の世界の悪魔や呪いの〈元素〉といったものとはなんの関係もありません。現実そのものがすでにそういったものをはるかに凌ぐまがまがしさを宿していたということです。それにしても、ファラオたちの抱いたこの最後の夢のなんと恐ろしいことでしょう！　彼らの永久《とわ》の休息は、宿命のごとく無情で仮借なき裁定の下で揺るぎないものとなったのです……」

ニール氏が話をつづけようとしているのは明らかだったが、ちょうどそのとき、われわれが座っていた長椅子をかすめるようにして、颯爽とした女の姿がホールを急ぎ足で横切った。流行の毛皮のコートを見事に着こなした彼女は、側面の窓から差しこむ夕暮れの光を金粉のようにかき乱し、えもいわれぬ香りを一陣の風のごとく漂わせていたが、それは、まぎれもない気品をうかがわせる啓示にほかならなかった。

われわれは謎の女の顔を拝むことができなかった。われわれの背後を通り過ぎていった彼女は、凛々しさの気配と馥郁《ふくいく》たる香りをあとに残したばかりだった。ところがニール氏は、心もち青ざめた顔で立ち上がると、くぐもった声でささやいた。

「死の香水《イトゥル・エル・マウト》ですよ！」

われわれは女の後ろ姿を不安な心持ちで見送ったが、早くもポーチの階段を下りていた彼女は、そこでミスター・ガスリーとすれ違った。ガスリー氏は立ち止まらずに彼女に挨拶すると、すたすたと階段を上り、われわれの姿を認めると、こちらにむかって歩いてきた。隣の肘掛椅子に身を投げ出した彼は、ゴルフ場から戻ってきたばかりでとても疲れていると口にした。

「紅茶はもう飲んだのかい？」彼はすぐに訊ねた。

ニール氏はそれに答えず、すかさず問いかけた。

「フランシス君、ぜひ教えてほしいんだが、あの女性はいったい誰なんだい？」

「あの女性？……リチャード君、気をつけたまえ！」ガスリー氏は冗談めかした口調で言った。「じつを言うとぼくもよく知らないんだ。少し前にダンスパーティーで知り合ったんだよ。謎の多いエジプト人らしいね。怪しげな人物というべきかな。情事を追い求める女といったところだろう。誰から聞いた話だったか覚えていないがね。とにかく気をつけるんだな、リチャード君」肘掛椅子に深々と腰を下ろしたガスリー氏は、思いやりに満ちた笑みを浮かべながら繰り返した。「なにせあの女のせいで男がふたり自殺しているんだからね」

女王の瞳

Los ojos de la reina

1923

ロムロ・サバラへ[1]

1

朝刊の短い記事に、ミスター・ニール・スキナーが「突然の病のため死去した」というお決まりの文句を見つけたわたしは、疑問の余地がないほど鮮明に、彼の死因について思い当たった。ニール氏はあの女のためにみずから命を絶ったのだ。

われわれの申し分のない友情――ここ最近は、ニール氏と彼女の不幸な関係のせいでごく控えめなものとなっていたが――と、実り多き彼の人生のいずれもが早すぎる幕切れを迎えてしまったことは、痛ましいと同時に腹立たしいことでもあった。

わたしは大急ぎで身支度をすませると、取るものもとりあえず、早世した技師が建設省の仕事にかかわるようになって以来ずっと寝泊まりしていたゲストハウスに駆けつけた。新聞記事の伝えるところによると、葬列は十時に出発することになっていたからだ。

わたしは、悲しみの葬儀が終わり次第、その日の午後を費やして鉄道局のしかるべき部署に赴き、あの思いがけない出来事についていろいろ探ってみるつもりだった。それというのも、われわれのたったひとりの共通の友人であったミスター・ガスリーは、わたしの知り得たところによると、ちょうどそのころ、内陸部をまわっていて留守だったからである。親しい友人であるガスリー氏の不在が彼の死を早めてしまったのだろう、わたしはそう考えた。

読者も記憶しておられるだろうが、わたしが書いたあの奇妙な物語（「アラバスターの壺」）の材料を提供してくれたニール氏は、われわれのところに居を定めてから間もなく、専門家としての氏の実績を買っていた鉄道局に雇われたのだった。氏がわれわれ技術者仲間に加わったことを誰もが喜んだが、それがけっしてまちが

1　一八九四―一九四九。アルゼンチンの外交官・歴史家。

いでなかったことは、時をおかずしてウアイティキナ線の一部の区間における複雑極まりない曲線回帰[2]の問題を見事に解明してみせるという氏の手柄を通して証明された。そもそも彼がわれわれの集団に加わることになったのは、あの神秘的な〈死の芳香〉の貴婦人、すなわち、あの物語のなかでわたしと彼が、その威厳に満ちた姿を、われわれの背後を通り過ぎる刹那に感じとったあの貴婦人、たまたま彼女と知り合ったガスリー氏によると、崇拝者のなかにふたりの自殺者を出したあの貴婦人と関係するようになったからだった。

　わたしは、劇場にいるニール氏と彼女の姿を何度か見かけたことがあったが、彼らはいつもわたしの席から遠く離れた二階のボックス席に腰を下ろしていた。彼らへの遠慮からどうしても距離を縮めることができなかったということもある。そのため、流行の透かし模様の帽子の陰に隠れた婦人の顔をしかと見定めることはできなかった。とはいえ、世の評判となっていたその美しさについては、短いホテル住まいのなかで彼女に与えられた呼び名である〈プラザ・ホテルのエジプト人女性〉に関する数々の噂話のおかげで、わたしもよく知っていた。

　それからしばらくして、彼女がどこか遠く離れた地区に住むようになったという話を耳にした。ニール氏は彼女に会うためにその家を訪れていたということだが、話はそれでおしまいだった。しかし、そのささやかな恋の冒険は、すでに言及したあの芳香の記憶と結びついたとき、複雑な様相を呈するものとしてわたしの前に立ち現れたのである。あの芳香とは、すなわち、ツタンカーメンの墳墓で発見されたアラバスターの壺に密閉されていたのと同じ香り、あるいは同じものだとニール氏が信じこんだ香り、そして、やはり彼に言わせると、ロード・カーナーヴォンに死をもたらしたのとまったく同じ香りである。

2

そんなことを考えながら、いまは亡きニール氏の住居《すまい》に到着してみると、墓地に向かう葬列の準備がすでに整っていた。

都合六名の会葬者は、ガスリー氏を除けば、いずれもわたしの知らない人たちだっ

2 実験によって得られたデータにもっともよく当てはまるような曲線を求めること。

た。前日の午後、ニール氏がこの世を去ってからわずか数時間後に駆けつけたガスリー氏は、深い悲しみに沈んでいた。感きわまった様子でわたしの手を無言のまま強く握りしめたところをみると、わたしの同席に心から感謝しているようだった。

わたしは彼と一緒に、最後の手紙に記された故人の遺志にしたがってごく控えめなものとなった葬列を構成する二台の車のうち、一台に乗り込んだ。もう一台の車には四人の男たち――建設省の役人、故人と親交のあったゲストハウスの住人、〈英国文芸協会〉の代表者とおぼしきふたりの男――が乗っていた。わたしとガスリー氏は、丁重な物腰で同乗を求めてきた見知らぬ男を迎え入れねばならなかった。ガスリー氏が紹介の労をとったが、あまりにも声が小さかったために、肝心の名前を聞き取ることができなかった。ナサールとかモンソンとかいう、とにかく浅黒い肌に白髪まじりの頭で、ほとんど真っ白な短い顎ひげを生やした、いかにも生粋のアルゼンチン人といった風情にぴったりの名前だったような気がする。

ガスリー氏は早くもこのたびの不幸な出来事の詳細を語りはじめていた。

恋の虜となったニール氏は、不安や悲嘆をうかがわせるような態度はいっさい見せなかったものの、次第に孤独のなかに閉じこもるようになり、ついには周囲の人間との関係をほとんど断ってしまったという。

ガスリー氏は、不幸な出来事の四日前、近いうちに長旅に出なければならないことをいわくありげにほのめかしたニール氏の手紙をトゥクマン[3]で受けとり、驚きを禁じえなかったという。仕事の都合で遠出をしなければならないことを述べた手紙には、私事にまつわる細々とした指示が親密な文体でつづられていたほか、差し迫った頼みごとが繰り返されていた。もしかりに不愉快な出来事が起こっても、けっして自分の女友だちに迷惑がかかることのないよう手を尽くしてほしいというのである。

不安でいてもたってもいられなくなったガスリー氏はただちにトゥクマンから戻ってきたが、漠然と予感していた惨事を未然に防ぐことはできなかった。

殺風景な部屋での平凡な自殺、同じ建物の住人がすぐそばで耳にした銃声、警察署長に宛てた平凡な書き置き――〈誰にも罪はありません〉、〈生きることに疲れました〉――、これらはいずれも、込み入った事情が背後にひそんでいる可能性を明白に否定するものであり、ゲストハウスの女将《おかみ》が――こうした場合は誰でもそうするよう

3　アルゼンチン北部トゥクマン州の州都。

に——慌ただしく請求した埋葬許可書は、早くも夜の九時に判事の手で交付された。

「面倒きわまりない手続きに忙殺されて、あなたにご連絡を差し上げることができなかったのです」ガスリー氏はそう言って話を締めくくった。

「しかし」わたしは自分の考えを口にした。「あの謎めいた女がニール氏の死になんらかのかかわりがあるかもしれないということを判事の耳に入れておく必要があるのではないでしょうか。ひとりの人間の命が失われたことは否定できない事実ですからね。女への気づかいをうかがわせる氏の遺言は、きわめて行き届いたものではありますが、われわれの良心を損なうものであってはならないはずです」

そのとき、われわれの車に乗り合わせた見知らぬ男が、それまでの沈黙を破って、穏やかな物言いで反駁《はんばく》した。「そうはいっても、やはり故人の遺志は神聖なものではないでしょうか……」その口調は、彼がアルゼンチン人であるというわたしの印象をただちに打ち消した。

ガスリー氏が何か言いかけたとき、われわれの乗った車は墓地に到着した。

3

悲しみの埋葬は、スズメが囀《さえず》るなか、砕けたガラスのようにきらめく、このうえなく爽快な陽光の下で執り行われた。

われわれは歩道で、こういう場合の常として容易に想像できるように、控えめな態度で別れの挨拶を交わした。快適な気候を理由にわたしが歩いて帰ろうとするのを見てとると、ガスリー氏は言った。

「あいにくわたしはお供することができません。今日の郵便に間に合うように、できるだけ早くホテルに戻らなければならないのです。この不幸な知らせをニール氏のご家族へ届けようと思いましてね。あなたにはただ、判事に訴えるなどという考えを起こさないでいただきたいのです。とにかく、わたしに相談することなくそのような振る舞いにおよぶことだけは慎んでいただきたいのです」

わたしがニール氏の死から受けた不穏な印象は相変わらず心のなかに居座っていたので、しぶしぶではあったが、彼の言うとおりにすることを約束しないわけにはいかなかった。

するとさきほど車に乗り合わせた男が、わたしと一緒に歩いて帰ろうと決心したらしく、お供してかまいませんかと訊ねてきた。よく知らない人間と二人きりで話をするのはあまり気が進まなかったが、わたしは「かまいませんよ」と答え、黙ったままふたりで道を下りはじめた。

それから三分が過ぎたころ、男の出しゃばった言動がわたしの懸念を裏づけることになった。

男は、あの奇妙なアクセントをいくぶんやわらげ、流暢ではあるが風変わりなスペイン語で、自分にはそうする権利があると言わんばかりに自説を述べはじめたのである。

「ガスリーさんのおっしゃることにはやはり耳を貸したほうがいいでしょう。理にかなった紳士的な頼みごとでしたからね。故人の遺志は……」

わたしは男のぶしつけな態度に苛立ちをおぼえた。そして、何はともあれ相手の言葉に逆らわんがために反撃を試みた。

「もうわたしの心はほとんど決まっているのです。これは良心の問題です」

相手の顔は青ざめ、恐怖に怯えたように立ち止まった。そして、「どうかお願いです。後生ですから」と、哀願するように言った。

わたしは相手の態度がにわかに気にかかり、こう訊ねた。

「あなたはこの件について、いったいどんなかかわりをお持ちなんですか？」

「わたしですか？　わたしはあの婦人と同じくエジプト人です。彼女の同国人というわけですよ。あの人に罪はありません。誓ってもいいですが、彼女に罪はないのです」

「ということは、あなたもやはりあのご婦人のお知り合いということですか？」

男は、好ましくない方向に会話が進んでいることにはたと気づいたようだった。そして、気を取り直すように、重々しい口調でこう言った。

「わたしは彼女の後見人です。これは偽りのない事実です」

相手の口ぶりや態度から察するに、その言葉にどうやら嘘はなさそうだった。とはいえ、謎は解明されるどころか、ますます込み入ってくるようだった。

しかし、主導権を握っているのはまちがいなくわたしのほうである。そこで、思いきって鎌をかけることにした。

「あなたのおっしゃることは」わたしは冷静な口調で応じた。「わたしの心を落ち着かせるどころか、いっそう当惑させるものであり、疑念をかきたてるものです。この件についてガスリー氏と話し合いたいと思います。そうすると彼に約束したのですから。もっとも、わたしの心はもう決まっています。あなたがすべてを打ち明けてくださるなら話はべつですが。それにわたしは、はっきり言っておきますが、犯罪の片棒を担ぐつもりはありません」

男の顔はいっそう青ざめた。そしてふたたび立ち止まり、同意を示すように小声で言った。

「よろしいでしょう。自分の運命に逆らうことのできる人間はいません。あなたは、そうとは知らず、このうえなくすばらしい女性の運命をその手に握っておられるのです。これからあなたは、ある重大な秘密を知ることによって彼女の運命に直接かかわることになりますが、それが原因で、この先不幸な目に遭われることのないように祈っております。とにかく時間を無駄にするわけにはいきません。わたしについてきてください。シャイトの秘密を聞いていただくことにしましょう。わたしはこれまでけっして嘘をついたことのない人間です」

「シャイト?」その荘厳な響きにいささか戸惑いをおぼえながら、わたしは訊ねた。

「そうです。まなざしの貴婦人、シャイト・ハトホルにまつわる秘密です」

4

マンスール・ベイ……。その風変わりな男は、東洋風の広間、といっても豪華な飾りつけがあるわけではない広間にわたしを招き入れながら、さっきはうまく聞きとれなかった名前をあらためて名乗った。

しかし、すべてを注意深く観察してやろうというわたしの決意が揺らぐことはなかった。というのも、その家が遠く離れた郊外に位置していることや、男のそれまでの言葉を考え合わせると、ここがあのエジプト人女性の家、つい先ほど彼が、まことに奇妙な名前と称号を口にしたあのエジプト人女性の家であることは明らかだったからだ。

「最初に、わたしがどういう人間か、どのような立場の人間か、それについてお話ししましょう」そう言うと男は語りはじめた。

「ベイというのは単なる敬称にすぎません。[4] じつはわたしはダイヤモンドの取引にかかわっています。この商売は、口うるさいオランダ人の宝石商や戦争のせいで痛手を被り、いまやおもな取引市場といえば、大部分がアメリカにある六つの市場を数えるばかりとなりました。

孤児にして寡婦のシャイトは、数年前からわたしと一緒に暮らしています。なぜわれわれがブエノスアイレスにいるのか、そのわけをお話ししましょう。

あなたもすぐお気づきになったと思いますが、わたしが話すスペイン語は少し変わっています。カイロのユダヤ人のあいだで学んだものです。スペインから追放されたユダヤ人の子孫[5]がカイロにはたくさんいるのです。わたしにスペイン語の手ほどきをしてくれたアブラハム・ガランテ[6]という人は、スペイン通の有名なヘブライ学者でしたが、あなたもきっと著述家としての彼の名前をお聞きになったことがあるでしょう。

もう秘密でも何でもありませんのでついでにお話ししますが、独立を支持する近東諸国の動きは、何世紀にもわたって不幸な状況を生み出してきた確執、人種や宗教に絡む確執をほぼ完全に消し去りました。これはおもに、あなたもご存じのはずですが、ある共通の絆によって結ばれた、秘められた友愛の精神によるものです。インドのシク教徒からレバノンのドルーズ派まで、シベリアのシャーマンから、けっして途絶えることのなかったメンフィス[7]の秘密結社まで……」

「あのファラオの都市メンフィスですか？」わたしは驚いて訊ねた。

「そのとおりです。あの結社は、エジプトに起源を有するものがたいていそうであるように、これまでずっと死に絶えることなく生き長らえてきたのです。そして、いま申し上げたような絆は、とりわけ近東諸国のユダヤ人に向けられた激しい憎悪にもかかわらず、われわれすべてを結びつけるものなのです。

　事実われわれは、あなたにもいずれおわかりになるでしょうが、むしろ人種間の反

4　おもにエジプトやトルコで用いられた高位の人に対する敬称。英語のミスターに相当する。
5　一四九二年、スペインのイサベル女王とフェルナンド二世のカトリック両王は、ユダヤ人に対しカトリックへの改宗かさもなくば国外退去を命じた。
6　セファルディ語の研究でも知られるスペイン語研究者。
7　カイロの南方にあった古代都市。

目の種となるのが普通なのに、あの民族とは太古にさかのぼる関係によって結ばれています。しかしいまは、わが同胞の話に限ることにしましょう。

あなたがお書きになった物語によると、ニール氏は、フェッラー、すなわちエジプトの農民たちが、古くから伝わる物事をたくさん知っているにもかかわらず、それを口に出すことはけっしてないとあなたに語ったことになっています。

その血筋がファラオにまでさかのぼるという家柄が依然として残っていますが、そんな上流階級の子孫たちは、それよりも重要な事柄をいくつか知っているものと思われます。

シャイトは王家の血を引く名門の出身ですが、彼女が生まれたとき、表向きはキリスト教ヤコブ派の信者でありながらエジプト古来の風習を忠実に守り抜いてきた両親は、生まれ落ちた娘のためにわたしに星占いを命じました。

わたしはさっそくテーベの様式にしたがって星占いをしました。すると、すばらしい運勢を告げる天啓があらわれたのです。

シャイトは王家の血を引いておりますので、彼女の運勢をみるには、メンフィスの結社が今日にいたるまで堅固な地下礼拝堂のなかに秘蔵してきた占星術書にしたがって、クレオパトラにまでさかのぼる女王たちの運勢と照らし合わせる必要がありました。

繰り返しますが、両者を照らし合わせる必要があったのです。と言いますのも、死者の魂は、三千年ないし三千五百年が経過すると、前世と似通った運命、あるいはそれを補完するようなかたちの運命とともに生まれ変わるからです。

いま述べたことは、象形文字で書かれた古文書の解読を通じて、あなたがたの世界の考古学者たちにもよく知られているところです。しかし、鍵となる五つの象形文字のうち、彼らはまだ二つしか発見しておりませんので、死の謎にかかわる多くのことが依然として知られていないのです。たとえば、魂の生まれ変わりによっても男女の性が変わらないことや、現世で高い地位にあった者ほど生まれ変わりを果たすまでに長い時間がかかるといったことなどです。

そんなわけで、シャイトの運勢は、およそ三千五百年前に没したハトシェプスト女王のそれと完全に一致したのです」

わたしは、あまりにも常軌を逸した話を耳にして、苛立ちを覚えないわけにはいかなかった。

「よくできたお話ですね！」男の奇妙な打ち明け話に立腹したわたしは、悪意のこもった笑みを浮かべながら言い放った。

しかし、男の態度はわたしの怒りをやわらげた。

彼は左手で頬杖をついていたが、取り払われた時間の壁の神秘をいっそう深めるその目といい、まちがいなく永遠の深奥から鳴り響いてくる声といい、静かな威厳をたたえた表情といい、すべてはわたしの疑念をことごとく打ち消してしまうものだった。そして、かすかなめまいを引き起こす気体のように、彼という人間に具《そな》わる何か、それがはたして何なのかわからないにせよ、はっきりと感じとることのできる何か、いま考えると驚きの念を禁じえないものの、あのときはごく自然なものに思われた何かが、男の語る物語に、今の世にも通じる信憑性を与えていた。

5

「ハトシェプスト女王は」男はわたしの不服を意に介することなくつづけた。「ちなみに考古学者たちは、この女王の名を正しく読むことができていないようです。正しくはハトスと読むべきなのです。それはともかく、女王は、あなたもご記憶のように、再征服を成し遂げた恐るべきファラオでした。

アジアから来たヒクソスによる三世紀におよぶ支配からエジプトを解放した、かの第十八王朝の、時代を超えて鳴り響く赫々《かっかく》たる繁栄を築いた彼女は、まさに黄金と鉄の花、美と栄誉の精華として君臨しました。

女王の生まれ変わりであるシャイトは、まさにエジプトの希望です。しかし彼女の運命は依然として未来の影のなかを漂っています……。そして、彼女の運命を見通す予言の才は」男は夢見るようにつけ加えた。

「彼女の運命を見通す予言の才は、わたしなどもはや現世で手にすることのかなわない第三の頂点に立つ斯道《しどう》の権威にのみ具わるものなのです……。

ところで占星術は、人の名前にも深くかかわるものですが、生まれたばかりの女児にシャイト・ハトホルという名を与えるべしとの天啓を示しました。まったくすばらしい名前です。と言いますのも、この名前は、運命の女神シャイトとエジプトのアフロディテたるハトホル、ギリシアの女神と同じく水の神であり、瞳の力によって美を守護する女神、典礼の文句に言われるところの、まなざしの貴婦人たるハトホルの名を組み合わせたものだからです。

ところで、よく注意して聞いていただきたいのですが、話はここから少々込み入ってきます。

シャイトが生まれたのは、ニール氏がカイロとアスワンを結ぶ鉄道会社の課長として滞在していたイスナーの町です。こうしたこともあってふたりは、エジプトの魔術に関するニール氏の講演のあと、懇意になったのです。

イスナーは、ファラオ時代のエジプトにおける魔術の一大中心地であり、女神ハトホルの聖域にある町のひとつでもありました。これは特殊な磁場の影響下にあるイスナーの地理的条件によるもので、けっして気まぐれなどによるものではありませんでしたので、エジプト起源の神話を受け継ぐギリシア人は、プトレマイオスの時代に、ラトポリスという名をその町に与えました。そうすることによって彼らは、アポロンの母レトに町を捧げたのです。美の女神であるレトは、夜の化身（これまた当然のことですが、夜は太陽の母でもあります）として、星の瞳をもつ女神、つまり、まなざしの貴婦人でもありました。こういったことのなかには、なにひとつ恣意的なものは存在しないのです。

ご記憶のことと思いますが、レトは蛇のピュトンに迫害されました。ところがこの蛇は、アポロンが放つ矢に殺されます。エジプトの女神シャイトは、その名に含まれるシャイ、つまりナイルに棲息するひげを生やした神秘の蛇、農民《フェッラー》たちによるとあの聖なる川にいまだ棲息している神秘の蛇に結びついています。

いにしえの神秘をめぐる込み入った話をつづけることをどうぞお許しください。創世記に登場する蛇はダイヤの目をもっていました。そしてイブを誘惑し、最初の愛へと誘ったのです。エデンに流れる四つの川のひとつはナイルでした……。

蛇に具わる宿命、つまり破滅を招き寄せる瞳の力は、シャイトの身に重くのしかかることになったのですが、それは彼女にとっては不幸を意味するものでした。

近東諸国ではごく普通のことですが、彼女は十四歳という若さで結婚し、翌年に夫が自殺して寡婦となりました。宿命の導きのまま、そうとは知らずに彼女がみずから招いた悲劇でした。と言いますのも、至高の口づけの瞬間に自分を見つめてほしいという夫の願いを、愛に身をゆだねた彼女が受け入れたからです。

それが夫の死を招いてしまったことを、彼女は知る由もありませんでした。度重なる不幸の幕開けとなったあの出来事ののち、メンフィスの結社は、彼女の両親の同意を得て、わたしに彼女の庇護をゆだねたのです。

これからお話しする第二の逸話は、さらに悪い結果を彼女にもたらしました。それはハトス（ハトシェプスト）の地下墳墓の発見と深くかかわっています」

6

「あなたがお書きになった物語によると、ニール氏が助手のムスタファを伴ってハトスの地下墳墓を訪れたとき、ムスタファはこう口にしたと言われています。

〈いにしえの民は墓を守るために肉体を具えた霊を置いたのです。それは永遠に目覚めている復讐者です。敵に害をなす方法はそれぞれ異なりますが、いずれも死をもたらします。女王の墳墓の発掘がつづく一年余のあいだにふたりの作業員がみずから命を絶ったのですから〉

これこそいまあなたにお話ししようと思っていることなのです。

自殺したのはふたりの若いイギリス人でした。カイロの上流階級に属する若者と同じく、シャイトに言い寄ったことがあったのです。当時十八歳だった彼女は、まさに美しさの盛りで、町が誇る美女といっても過言ではありませんでした。

のちに詳しくお話ししますが、ある事実が彼女の名をいっそう広めることになりました。それはシャイトの運命と同じく、解きがたい謎に包まれたもので、やがて彼女に対する中傷をかきたてることになったのです。

われわれのしきたりによると、女王が喪に服すことは禁じられています。太陽が地平線の上に顔を出しているあいだ、女王は、あらゆる霊力から身を守ってくれる聖なる宝石を身につけなければならないのです。三つの金属片からなる腕輪、五つの宝石がはめ込まれた腕輪、七つの首飾り、敵の心臓にかみつこうと鎌首をもたげているコブラをかたどった髪飾りなどです。

発掘作業を率いていたふたりのイギリス人は、誰もがうらやむ権利を行使して、墓室の扉を開けました。

ハトスの地下墳墓のように骨の折れる発掘作業は過去に例のないものでした。なにせ二百メートルもの柱廊や小部屋を埋めつくすがれきを取り除くのに一年以上もかかったのですから。

周知のように、発掘された小部屋からは、計り知れない価値を有する財宝——さまざまな像や調度品、贅を極めた品々——が見つかりました。ところが墓室には、こういう場合の常として、石棺がひとつ置かれているだけでした。隅々まで金に覆われた地下墳墓のなかに、三重構造の石棺が安置されていたのです。

小さな段差のある墓室の扉の脇には、象牙がはめ込まれた立派な腰かけがあり、その上に、まるで繊細かつ無邪気ななまめかしさが永遠を相手に無力な戦いを挑んでいるかのように、一個の手鏡が置かれていました。このうえなく簡素で優美な外観から察するに、ほかならぬ女王が用いたものなのでしょう。銀を磨いた楕円形の鏡に黒檀の柄が取りつけられたもので、装飾を兼ねた黄金の睡蓮が柄を固定していました。見たところ感傷的で取るに足りない供物として置かれていたその手鏡は、しかしながら、神秘の処刑を託された恐ろしい復讐者だったのです。

わたしの話を理解していただくために、もう少し詳しくご説明いたしましょう。いにしえの人々は、みずからが所有する品々のなかに、存在の根拠となる霊魂、すなわち〈分身〉が宿っていると考えていました。それは、人間の手から物体へじかに伝わるものとされていたのです。彼らはこうした理由から、みずからの所有物である杖や宝石、香水瓶、鏡などに一つひとつ名前を与えていたのです。

なかでも鏡は、まなざしの力と密接なかかわりをもつという理由から、ことのほか重要なものと考えられていました。

また、エジプトの象徴体系のなかで瞳がとりわけ重要な役割を担っていたことは、いまや考古学の常識に属することです。

たとえば、驚くべき生命力を宿し、金属板にはめ込まれた七宝の目は、右目が太陽を、左目が月を象徴していました。それは、ハトホルが導きの箱舟となって仕えた小ホルス――死者の太陽すなわち〈真夜中の緑の太陽〉の化身でもあった小ホルス――の目でした。この〈緑の太陽〉というところから、小ホルスはエメラルドの王子とも呼ばれていました。また、幸運の護符や呪いの護符というものがありますが、邪視信仰はそれに由来するのです。

ハトホルは死の女神でもあり、黄金を意味する言葉と同じヌブの名を冠されると、その手跡の下に死者がよみがえるミイラの守護者となります。そのような理由から、棺の上部を飾る黄金《ヌブ》のマスクは、ほかならぬ死んだ王の顔にかぶせられたのです。要するに愛と死はハトホルに具わる力なのです。

それら黄金のマスクの目には、ある種の像に残されている目と同じように、恐るべき生命力が宿っています。なぜなら、いにしえの人々は、その後二度と繰り返されることのなかったある奇跡を成し遂げたからです。つまり、人工の目のなかにまなざしの力を封じ込めることに成功したのです。

さらにつけ加えますと、彼らは、すでに失われてしまった秘法、すなわち、眼球や眼窩《がんか》の配置に応じた入射角の調整によってそれを成し遂げたのです。大スフィンクスのように、なかば崩れた顔と空洞の目が残るばかりの像ですら、本物の人間と見まがう視線を投げかけていますが、これもいま述べた秘法によるものです。

ルーブル美術館に収められている書記座像の目を思い起こしていただきたいのですが、あれはまさに見る者に邪悪な力を及ぼす目です。ところが、その実体はというと、水晶の瞳をはめ込んだ二片の白石英《せきえい》にすぎないのです。それぞれの瞳の真ん中に、輝きを放つ極小のブロンズ片が埋め込まれています。

それらの目のなかでもとりわけ強力な生命を宿しているものは、銀でできた目であり、宿命の愛の天体である月や星を象徴するものでした」

7

「問題の手鏡は、墓室の入口の腰かけの上に、鏡面を表にして置かれていました。そのおかげで、鏡の光沢が永きにわたって保たれたのです。

鏡は、こういう場合の常としてそれをのぞき込みたいという、ごく自然な欲求に駆られた人間を罰するためにそこに置かれていたのです。

ところが、ふたりの若者は、光沢のある金属の表面に映し出されたのが自分たちの顔ではないことを見てとると、言いようのない驚きに見舞われました。

鏡に映し出されたのは、幸運にも彼らの顔ではなく、ひとりの美しい女性の顔でした。見る者を眩惑するような生命力をたたえたそのまなざしは、彼らの魂に入り込み、言葉と思考を生み出す能力を奪い去り、彼らの魂を、無上の喜悦――それゆえ死をともなう無上の喜悦――をもたらす眩暈《げんうん》へと引きずり込んだのです。

女王は、鏡をのぞき込んだ者を罰するため、その不吉なまなざしを、美と死のまなざしを、鏡のなかに永遠に封じ込めたのです。発掘者たちが手にしたランプの光は、太陽のようなきらめきとなって、黄金に満たされた墓室をまばゆく照らしましたが、鏡のなかの女王の顔は、〈分身〉の生命、つまり、人間によって目覚めさせられた鏡のなかの原初の魂を得て、生き生きと映し出されていました。その顔はほほ笑むように、見る者を深淵に引きずり込もうとするかのように漂い、すぐ手の届くところにありながら果てしなく遠い存在として、魔法の楕円のなかに浮かんでいました。そして、心臓が止まるような感覚をふたりの若者にもたらしましたが、それは、真の愛を前にしたときの、そして至高の美を前にしたときの、絶対的な宿命の受容にほかならなかったのです。

強烈な印象に打たれた彼らは、本能的に後ろを振り返りました。

ところがそこには何も、誰もいないのです……」

「三千年のまなざしというわけですか！」わたしは信じられないといった調子でそう口にした。

「もちろんです」エジプト人の男はきっぱりと答えた。

「地下墓室のなかでは、空気に触れただけで消えてしまう芳香や、塵の上の足跡、繊細きわまりない花ですら、やはり長い歳月にわたって生きつづけるものではないでしょうか？　彫刻家は、ほほ笑みのようにはかないものを、大理石やブロンズに刻むことによって、そこに永遠の命を吹き込むものではないでしょうか？

あのまなざしは、ふたりの若者をすっかり虜にしてしまいました。

それがどれくらいの時間だったのか、そんなことは問題ではありません。ふたりの若者は突然、大きな苦悩に襲われました。わたしにはとても描写することのかなわない鏡のなかの顔が、徐々に消えはじめたからです。というよりも、底知れぬ深みをたたえた瞳の奇跡をまざまざと見せつけながら、少しずつ遠ざかりはじめたのです。

鏡は深い眠りに落ちようとしていました。

深い眠りというのはまさにぴったりの表現です。と申しますのも、魔法をかけられた物体が、完全なる休眠状態のなかで、内に秘めた力を永遠に保ちつづけることができるとすれば──何世紀にもわたって元のままの状態を保持する死体のようなものです──、その物体は、ぬくもりのある人間の手が触れることによって、ちょうど干からびた植物に水が勢いよく注がれるときのように、つかの間の目覚めを経験するからです。

魔法から覚めたふたりの若者は、まったく同じことを考えつきました。つまり、明るい日差しのなかで鏡を写真に収めようというのです。ところが、急ぎ足で歩いたにもかかわらず、地上の砂漠にたどり着いたときにはすでに、鏡に映し出された像はぼんやりと消えかかっていました。

ところが、アフリカの明るい太陽はもちろん、高性能の写真機を扱う熟練の技にも助けられたのでしょう、それから二日後、ふたりの若者が同時に謎の自死を遂げて町の人々を驚かせ、司法当局が捜査に乗り出すと、彼らの財布からそれぞれ、不十分な感光にもかかわらずしかと見分けることのできるネガ、あのシャイトの顔が写し出されたネガが発見されたのです」

「シャイトの顔！」わたしは叫ぶように言った。「ということはつまり……」

「お察しのとおりです。つまり、シャイトに生まれ変わったハトスですよ。

晴らすことのできない嫌疑をかけられ、取り調べを受けたシャイトがどれほど苦しんだか、想像に余りあります。それから数週間というもの、わたしは彼女が正気を失ってしまうのではないかと気が気ではありませんでした。彼女は、最後は誰もがそう考えたように、みずからの美貌に対する嫉妬が生み出したいまわしい追及の手に悩まされているように感じていたのです」

8

「わたしは大金を費やしてその鏡を手に入れました。しかし、銀の輝きを取り戻した鏡面には何も映っていませんでした。鏡は永遠の眠りに落ちてしまったのです。いまもわたしの手もとにありますから、いずれご覧に入れましょう。

黒檀と銀、それに金！ 自殺した憐れなふたりの若者が魔術についていくばくかの知識を持ち合わせていたならば、鏡に手を触れようなどという考えを起こすことはなかったでしょう。しかるべき材質の組み合わせは、護符にとっては本質的なものですから、おのずからその用途を物語っているものです。

ところが、いにしえの人々は、ある種のしるしがある墳墓を侵そうとする者は、そうした秘密について何も知らないということを心得ていました。

あの不吉な鏡の柄の部分には、やはりよく見えるように、鏡の名前が記されていました。それら三つの象形文字は、あなたがたの世界の考古学者に言わせると、〈アハ・オル・ザ〉、すなわち〈眠る者〉を意味するということになるでしょう。それはそれで不安をかきたてるものですが、象形文字を読み解く秘密の鍵を用いれば、おのおのの文字の意味からもその重要性が導き出されるような、まったく別のことを指し示していることがわかるはずです。つまり、〈前腕〉をかたどる文字は実行力を、〈まぶたを閉じた目〉は夢を、〈胴体と乳房〉は多産をもたらす女性の肉体を象徴しています。

ここでもう一度、シャイトの身に降りかかった不幸、訴訟に巻き込まれ、執拗な中傷に悩まされたシャイトの身に降りかかった不幸に話を戻すことにしましょう。不運な彼女は、大方の見立てどおり無罪を宣告されると、わたしのもとを立ち去りました。彼女としては、もう二度と帰ってこないつもりだったのでしょう。それから二十年という歳月が流れるころには、彼女はもうあの恐ろしい悪夢を忘れ、その若々しさと美しさが求める愛のために新しい人生をはじめようとしていました。ところがちょうどそのとき、あなたもご存じのように……。どうか彼女のことを憐れんでやってください」

男はここで言葉を切ると、嗚咽《おえつ》のような声を漏らした。そして、動揺のあまり押し黙ったままのわたしを見ると、はっきり言い聞かせるようにつづけた。

「あの目は、いわば民族の血に流れる宿命なのです。愛と不運をクレオパトラにもたらしたエドム人[8]の目です。

クレオパトラとハトスの肖像はそれぞれデンデラとデル・エル・バハリ[9]の神殿に残されていますが、両者がきわめて似通っているのも故なきことではないのです。彼女たちは千五百年もの歳月によって隔てられています。

クレオパトラはエドムの王女を母として生まれました。一方、ハトスの祖母は、ハトスの祖父にあたるファラオ、アメンホテプ一世が、みずから征服したエドムの国から妾として連れてきた女でした。ハトスの祖父がはじめた征服は、小国でありながらアジア長征に欠くことのできないエドム国との同盟関係、成立したばかりの脆弱な同盟関係を、より強固なものにするために行なわれたのです。

ふたつの肖像の複製を比較してみればおのずから明らかでしょう。心もち曲がった細長い鼻、切れ長の目、ある種のアジア民族が造物主である女神セクメトから授けら

8　旧約聖書のなかでエサウの子孫といわれ、イスラエル人と人種的に近い関係にある北アラビアのセム系遊牧民。
9　エジプトのルクソール北方七十キロのナイル川右岸にある古代遺跡。

れた、猫を思わせる細身の体。この女神を介して、われわれはヘブライ人のいわば親類にあたるのです。セクメトはライオンの女神であり、やはり両目に恐ろしい力を秘め、気品に満ちた肉体美を守護する神でした。

瞳に秘められた魔力——天成のものであるがゆえに、それが引き起こすどんな災いといえども、その責めを瞳に負わせることのできない魔力——が現実のものであることをわかっていただくためには、いにしえのエドムの血を引くユダヤの支族がいまも存在していることを思い起こしていただければ十分でしょう。女性の黒あるいは青色の瞳には、いまだ恐ろしい力が宿っているのです。エドムについて一般に知られている特徴としては、いかなる言語であれ……」

このとき広間の扉がいきなり開け放たれたかと思うと、悲しみと恐怖に取り乱した女が腕輪を鳴らし、一枚の紙を握りしめて現れた。

突然の出来事に狼狽したわたしは、背筋を伸ばすのがやっとだった。

わたしの目の前には、あのシャイトが、まなざしの貴婦人が立っていたのである。

9

わたしがそれまで頭のなかに思い描いてきたものは、現実を前にことごとく色を失ってしまった。

この類まれな美しさを凌ぐものがはたしてこの世に存在するだろうか。

わたしがいま眼前にしているのは、かのエジプトのファラオなのだ。

彼女がそこにいるだけで、このうえなく壮麗な女王の威厳がひしひしと伝わってきた。

完全な静寂に包まれながらも、内から湧き上がる音楽に合わせて揺れ動く草のように、かすかな震えを帯びたそのか細い体は、宙を漂いながら、ほっそりとした花のごとき繊細さのなかで際立っていた。そして、優美な足取りとともに、猫を思わせる滑らかな脇腹が服のあいだからかすかに覗いた。

そうした印象をさらに強めるべく、海緑色の薄いチュニック[10]が、いささかも透けていないはずなのに、ざわめく水に浸されたかのようなその体をくっきりと浮かび上がらせていた。

彼女が部屋に足を踏み入れるや、天啓のようなきらめき、あるいはむしろ稲妻のようなきらめきが一瞬にして広がり、黄金のハイヒールのサンダルが、逆立つスパンコールにかたどられた蛇の頭のごとき輝きを放った。

きらびやかな腕輪が琥珀《こはく》色の両腕に重々しく巻きついているのとは対照的に、悲しい知らせが記された一枚の紙を握りしめるその苦悩に満ちた指、先端の細くなった指は、その中ほどを染めるヘンナの色を唯一の装飾として誇示していた。[11]

さまざまな色に輝く七つの首飾りがその喉元に脈打っている。前髪の下に隠された髪留めを緑の七宝細工の毒蛇が飾り、まるで宙に身を躍らせるように鎌首をもたげ、その小さなふたつのダイヤの目が火花を散らしている。

彼女が不意に立ち止まると、いくつもの腕輪が触れ合う勇ましい音が鳴り響いた。

そして、なんとも甘い香り、眩暈《めまい》を起こさせるようなあの芳香が広間を満たした。

それにしても、この奇跡の女は、まさにそうした飾りつけを、儀礼上の特別な約束事でもないかぎり服喪の日にはおよそふさわしくない飾りつけを、いわば当然の権利として要求していたのだ。

銅色の肌は、ナツメの実のような透き通った褐色を帯び、柔らかな黄金色に輝くかと思われた。不吉な色合いの漆黒の髪が額に重くのしかかり、兵士の兜《かぶと》を連想させる険しくも尊大な影をまぶたの上に落としている。

眉間から突き出た緑の毒蛇は、茂みのごとき前髪から陰鬱な生命を汲みとり、毒素と芳香がもたらす妙《たえ》なる陶酔に浸っているかのようだった。

蛇のかすかな震えが、豊かな黒髪の生命力を燃え立たせていた。贅の極みを尽くしたいかなる装飾といえども、そんなものは彼女にとってまったく無意味だっただろう。だからこそ彼女は、額の髪飾りすら前髪の下に隠し、申し分のない漆黒の髪の輝きを保ちつづけていたのだ。

妙なる銅色の顔に目をやると、いかにも神経質そうな細い眉を覆う燃えるような憂鬱さをたたえた髪と好対照をなすように、底知れぬ深みをたたえた青い大きな瞳、アラブの詩人ならば、その瞳に身を焦がして命を落とす瞬間、〈宿命のごとく無慈悲に

10　古代ギリシアで着用された袖のついた膝下まで丈のある前合わせの上衣。
11　ミソハギ科の低木であるヘンナの葉を乾燥させて粉にし、水で溶いたものが古来、髪や眉、爪の染色に用いられた。

して責め苦のごとく長い目〉と詠ったであろう青い瞳が、侵しがたい純粋な光を宿し、往古の平穏に包まれたすみれ色の大海、果てしなく広がってゆく大海を、その深奥にのぞかせていた。

純粋さと平穏、これこそ、神々しい彼女の面ざしにふさわしい言葉である。

彼女が涙を流していたことは明らかだが、瞳が放つ空色の光は、星のような澄明さを失ってはいなかった。

愛の宿命は、その瞳を濁らせるどころか、永遠の若さにひそむ純真さを瞳に伝えていた。見る者の心を虜にする威厳が、はるか彼方の恩寵のように瞳の底から降り注いでいる。しかし、神々しくも崇高な生命に輝き、完全な美のなかで善悪を超越している瞳にあって、われわれの心を何よりも強く引きつけるものは、死をも屈服させる紛うかたなき力から発していた。

なぜわたしは「紛うかたなき」などと述べたのだろう？ わたし自身にもうまく説明することができない。それは、理性よりも堅固な、確たる印象にもとづいている。不可視であるにもかかわらず疑う余地のないものが、まま存在するものだ。

このうえなく正当な名前でいま彼女を呼ぶことにするが、まなざしの貴婦人は、見知らぬ人間を前に心の動揺を抑えると、威厳に満ちた落ち着きを取り戻していた。わたしは、飼いならされていない鷹を思わせる繊細な横顔や、輝きを放つ歯をのぞかせた半開きの肉感的な唇、威厳をたたえた唇に目をやった。ついに人間らしさをあらわにしたこれらの細部は、横顔を見てはじめてわかるものだった。幼児のような長い睫毛《まつげ》は悲しみに萎《しお》れ、深い涙を滴《したた》らせているかにみえた。

マンスール・ベイは、まるで魔法を解くように、彼女から渡された紙を不安に満ちた目でわたしに差し出した。

ニール氏の自死についての供述を命ずる、裁判所からの召喚状だった。

10

男はわたしの目を一瞥しただけですべてを理解した。そして、彼女への忠誠心と敬意ゆえに英語で、わたしの思いを正確に代弁する言葉を静かに口にした。

「恐れることは何もない。この方は、われわれを手助けするために、知り合いの弁護士を紹介してくださるそうだ。あの不幸な出来事について、お前はなんら罪を問われることはないだろう」

相槌を打つようにわたしが上体を傾けると、シャイトは悲しげな笑みを浮かべながら感謝の気持ちを伝えようとした。

わたしはふたたび彼女の瞳に目をやり、両目の光を消し去る蛇のような能力が彼女に具わっていることを見てとった。

後見人の男にアラビア語で短く話しかけられた彼女は、観念したように長椅子に腰を下ろした。

わたしがどれほどの好奇心に駆られたか、容易に想像がつくだろう。問いかけの言葉がわたしの唇を震わせた。

そのとき、わたしの胸中をふたたび見透かしたエジプト人の男は、こちらの問いに答えるべく、それまでと同じようにスペイン語でこう言った。

「彼女のことならどうぞご心配なく。スペイン語がわかりませんから」

そしてつづけた。

「気を揉まれるにはおよびません。あなたのお名前は彼女の運命のなかに刻まれてはおりません。しかし、亡くなられた方はちがいました。女王の墓を訪れてからというもの、逃れられない運命につきまとわれることになったのです。

同じくあなたは、彼女の芳香を恐れる必要もありません。

香木の国から持ち帰らせたイチジクの木が女王の命で庭に植えられたとき、聖なる芳香の時代がエジプトでふたたび始まりました。デル・エル・バハリの廃墟には、むき出しの岩場から発掘された古い植木鉢がいまも残っています。ここであらためて強調しておきますが、こういったことはすべて正確な歴史的事実にもとづいているのです。

王の香水を製造する者たちは、イチジクの香《こう》を主成分に用いることで、七種のエッセンス、すなわち、神々の犠牲および生者と死者の至高の幸福を祈るための儀式に使われる香油の七種のエッセンスのうち、六種を製造することに成功しました。それらがみな互いに似通っているのはそのためです。

そのなかで考古学者に名前が知られているのはたったひとつです。ハカヌと呼ばれるものですが、〈歓呼の香水〉を意味するそれは、笑気ガス――つまりあなたがたの世界の化学者が言うところの窒素酸化物――が笑いを引き起こすように、喝采を呼び起こすところからそう名づけられました。

それはまさに、儀式に用いられる王の香水でした。

おそらくあなたは、いにしえの〈暗殺教団〉[12]に関する研究を通じて、こうした事実をお知りになったはずです。わたしの善意に免じて差し出がましいことを口にするのをお許しいただきたいのですが、その研究はすぐに打ち切られたほうがよろしいでしょう。

話を元に戻しますと、七つ目のエッセンスを完成させたのは、ほかならぬハトシェプスト女王でした。その強烈さと浸透力ゆえに、死の香水にきわめて近いものです。オギュスト・マリエット[13]が解読した象形文字の伝えるところによりますと、美の香水を意味する〈イトゥル・エル・ジャマール〉がまさにそれです。そこにはつぎのように記されています。

〈王の一族のため、女王は手ずから香水をつくり、神の雫《しずく》の芳香を吐き出された。祝宴の大広間で、その肌は黄金のように輝き、その顔は星のごとくきらめきを放った〉」

このときシャイトは、まるで男の言葉をすべて理解したかのように身を震わせた。

正午の日射しが屋外に面した窓から斜めに差し込み、彼女を照らした。

すると、往古の物語に触発されたためなのか、あるいは窓から差し込む幻のような光のせいなのか、彼女が身にまとうチュニックが不意に透き通り、その体が黄金色に輝いた。

11

おそらくは物語の山場を残すのみとなったいま、シャイトの秘密についてこれ以上は語るまいとみずからに誓ったおのれの軽率さを痛感している。わたしは、軽はずみな行為が引き起こすかもしれない重大な結果をそれほど信じてはいないし、結局のところ、何事も鵜呑みにする性《たち》の自分だけが馬鹿を見たのかもしれないという気がしないでもない。とはいえ、取り返しのつかない過ちを犯してしまうのではないかという不安がわたしに自制を促している。

12 十一世紀ペルシアに生まれたイスラム教徒の秘密結社。ハサン派ともいう。刃物を用いた残忍極まりない殺人を励行し、エクスタシーを得るためにハシッシュを使用したことでも知られる。

13 一八二一—八一。フランスのエジプト学者。エジプトで数多くの重要な発掘に携わった。

ここではただ、あの鏡がいまわたしの手もとにあることだけをつけ加えておこう。それは掛け値なしに貴重な遺物であり、いうまでもなく永遠の眠りについている。

とはいえ、眺める角度によっては、二分か三分が過ぎるころ、めくるめく感覚を呼び起こすまなざしが鏡の表面をかすめていくように思われることがある。

それがいったい何なのか、あるいは単なる錯覚にすぎないのか否かすら確信がもてないわたしは、このまま不安を抱えつづけるのも不愉快だし、考古学を専門とする人間でもないので、さっそく明日にでも人文学部付属民族学博物館に鏡を寄贈しようと思う。興味のある方はそこで実物を目にすることができるはずである。

死んだ男

El hombre muerto

1907

長時間にわたる廃村での測量を終えたわれわれは、とある小さな村で馬車を止めた。そこには、自分はすでに死んでいると思いこんでいるひとりの風変わりな、狂気にとりつかれた男が住んでいた。

男が村にやってきたのは数カ月前のことで、どこからやってきたのか明かそうとせず、自分のことを死んだ人間とみなしてほしいと村の人々に懸命に頼みこんだのだった。

言うまでもないが、男の望みを叶えることのできる人間はひとりもいなかった。その必死の頼みに根負けして、男の願いを聞き入れるふりをする人間がどれほどたくさんいようとも、彼の苦しみはいや増すばかりだった。

われわれが村へ着くなり男はすぐにやってきて、憐れみを誘う悲しげなあきらめの表情を浮かべながら、自分のことを死んだ人間とみなしてほしいというばかげた願いを口にした。男はそうやって、時おり村を通り過ぎる旅人をつかまえては同じことを繰り返していたのだ。

恐ろしくやせ細った男は、黄ばんだ髭《ひげ》をたくわえ、ぼろを身にまとい、一見どこにでもいそうな狂人と変わらなかった。われわれの仲間の測量技師が精神医学に傾倒していて、好機到来とばかりにさっそくその奇妙な男に話を聞いてみることにした。測量技師の心の内を見透かした男は、前置きも早々に話しはじめたが、その明晰な語り口は、どう考えても彼の奇妙な言動にそぐわなかった。

「わたしは狂人なんかじゃありません」男はきわめて落ち着いた口調で切り出した。もっともその口調には、痛ましいペシミズムがにじみでていた。「わたしは狂人なんかじゃありません。じつはもう三十年前から死んでいるのです。これは明白な事実です。ではいったい何ゆえに死んだのか？」

友人の測量技師は、わたしのほうを見ながらこっそり片目をつむった。これはおもしろい話が聞けそうだ。

「わたしは＊＊＊に生まれた＊＊＊という名の男で、そこには家族が住んでいます……」

（まだ存命中の人物や身近な人たちに累《るい》がおよぶといけないので、詳細は伏せておくことにする）

「わたしは気絶の病を患っていたのですが、その症状があまりにも死に似通っていたために、周囲の人間をひどく心配させた挙句、結局のところわたしがこの病気で死ぬことはあるまいという確信を彼らに与えることになりました。医師たちもその確信が正しいことを請け合いました。どうやらこの男はサナダムシにやられているらしい、というわけです。

ところがあるとき、いつものように気を失ったわたしは、そのまま意識を取り戻すことがありませんでした。わたしの苦悩の物語はここにはじまるのです。狂気の物語と言ってもいいでしょう……。

わたしが死んだことを誰ひとり信じようとしなかったために、わたしは死ぬことができませんでした。自然の摂理にしたがって、あのときのわたしはたしかに死んでいましたし、いまもやはり死んでいるのです。しかし、そのことが人間的な意味で現実のものとなるためには、死んでいるという事実に逆らう意思をもつことが、たったそれだけの意思をもつことが必要なのです。

　わたしは、肉体的な習性にしたがって意識を取り戻しました。ところが、考える主体としてのわたし、実体としてのわたしはもうどこにも存在しません。この苦しみを言葉で言い表すことは不可能です。無への渇望とは恐ろしいものです」

　男はこれだけのことを淡々と語ったが、その真に迫った話しぶりは、聞いていると怖くなるほどだった。

「無への渇望！　いちばん始末に負えないのは、眠ることができないということです。三十年も目覚めたままなのです！　事物と永遠に向き合うことを、おのれの非在と永遠に向き合うことを、三十年も強いられているのです！」

　村人たちはすでに男の言い分をいやというほど聞かされていた。自分がすでに死んでいることを信じてもらおうとする男の度重なる努力は、いまやありふれた出来事となってしまったのだ。男は四本の蠟燭に囲まれて眠るのを習慣としていた。そして、顔を土まみれにして、野原の真ん中で何時間もじっとしていることがあった。

　男の話はわれわれの好奇心をひどくかきたてた。ところが、われわれの見解を系統立てて整理しようとしている矢先に、思いがけない出来事が起こった。

その村でわれわれと合流することになっていたふたりの人夫が、ラバを数頭引き連れて、三日目の晩に到着した。

ぐっすり眠っていたわれわれは彼らの到着に気づかなかったが、その突然の叫び声に目を覚ました。何が起こったのかを以下に語ってみよう。

狂った男は、われわれが寝泊まりしていた宿の台所で横になっていた。あるいは、われわれから受け取った唯一の施し物である四本の蠟燭に囲まれて眠っているふりをしていた。

その光景を目にした人夫たちは、気後れして扉の前で立ち止まったが、そこは男が空寝をしている場所から二メートルと離れていなかった。一枚の毛布が男の足から胸までを覆っている。毛布の反対側からは足先がのぞいている。

「死んでいる!」ふたりはほとんど同時に、口ごもるように言った。彼らは目の前の現実をすっかり信じこんだのだ。

人夫たちは、革袋から空気が抜けていくような鈍い音を耳にした。毛布がぺしゃんこにつぶれ、外にはみ出た頭と両足の先が一瞬にして骸骨と化してしまった。

彼らの叫び声を耳にしたわれわれは、慌てて飛び起き、男の寝ているわら布団に駆け寄った。

そして、恐怖のあまり鳥肌が立つのを感じながら毛布をはいだ。

そこには、湿り気がまったく感じられない、わずかな肉の痕跡すら認められない人骨、かなりの歳月を経た人骨が、襤褸《ぼろ》にくるまれ、干からびた皮を付着させたまま横たわっていた。

黒い鏡

El espejo negro
1898

ある夜、わたしは炭素の属性についてパウリン博士と語り合っていた。わが友にして碩学《せきがく》の博士は、いつものような饒舌ぶりを発揮しながら、この問題に関する最新の科学的知見に注意を促した。

「どの発電所でもかまいませんが、その近くを歩きながら何気なく蹴散らす石炭片ですら、ひとつの化学的宇宙を包含しているものです。炭素を含む染料をはじめ、同じく炭素を成分とする香料や薬剤にいたるまで！　まったく驚くべき研究分野です。あなたならおそらく……」

「しかし博士、私はその手のことについてはまったくの無知なのです。世間一般の例に漏れず、アニリン[1]について多少知っている程度です」

「いいでしょう。ところであなたなら、仮に興味深い事実をご存じだとして、世の不信や悪意、さらには疑念に逆らってまで、それを公言する勇気がおありですか？」

「もちろんです」

「たとえそれが嘘のような話でも？」

「お望みなら、たとえそれが荒唐無稽な話でも、と言ってもいいでしょう」

「たいへんけっこうです。では、標本室へ行きましょうか？」

われわれは標本室に足を踏み入れた。博士は漆塗りの大きなチェストのふたを開けた。そこには風変わりな薬剤や珍妙な道具、東洋の神秘思想を扱った書物などが保管されていた。彼はしばらく中を漁《あさ》ると、わたしのほうを見た。

「この器具の使用法を知っている者は、わが国の学者のなかにはひとりもいません。これは魔法の鏡で、魔女たちが伺いを立てるために、二本のロウソクのあいだに置いたものです。ブラバントの聖女ゲノフェーファの伝説[2]にもありますね。ご記憶でしょうか？」

1 特有の臭気をもつ無色油状の液体。
2 ルゴーネスはおそらくシューマン作曲のオペラ『ゲノフェーファ』に出てくる魔女の鏡に着想を得たのだろう。

博士はそう言いながら、豪奢《ごうしゃ》な絹張りのケースから鏡を取り出した。黒い円板が銀の輪にはめ込まれ、やはり銀の台座が取りつけられている。博士はそれを仕事机の上に置いた。

博士のやり方を心得ているわたしは、何も言わずに話のつづきを待った。

博士は、いつものような仕草でビロードのトルコ帽を勢いよくかぶると、ふたたび話しはじめた。

「これは、いつかお話ししたことのある〈黒い鏡〉です。輪にはめ込まれているのはごく普通の木炭の板です」

「木炭……、魔法の木炭というわけですか？」

博士はほほ笑んだ。

「厳密に言うと魔法の木炭ではありません。樺《かば》の木の円板で、バラバラになるのを防ぐために、金属製の皿[3]の上で、火にさらすことなく炭化させたものです。試行錯誤を繰り返した末に、しかるべき条件のもとで表面を滑らかにすることに成功しました」

「ただの木炭というわけですか？」

「そのとおりです」

「それで、どんな使い道があるのでしょうか?」

「とても重要な使い道があります。しかしその前に、前提となる理論についてご説明いたしましょう」

博士はそう言うと、頭のなかの考えをまとめ、話の糸口を見つけ出そうとするかのように、しばし口を閉ざした。

「あなたは、猫が木炭の上を嬉々として転げまわる様子を観察したことがありますか?」

「ええ」

「それがいかなる理由によるものか、あなたはご存じでしょうか? それはつまり……」返答の間を与えず博士はつづけた。「体のなかに蓄えられた不快な余剰電気を放出するためなのです。私が確かめたところによると、木炭には、動物の体に蓄えられた流体を強力に吸い取る性質があります。木炭はこの流体に満たされるわけですが、私の考えによると、そしてあなたもご存じかと思いますが、思考もやはり電流に

3 コペラと呼ばれる灰吹き皿のこと。金や銀の精錬のために使われることが多い。

ほかなりません。思考に満たされた木炭板を思い浮かべることはじつにたやすいことです。魔女の鏡はこれを応用したものです。ふたたび伝説を引き合いに出しますと、放心状態のまま鏡の上に身をかがめる男は、愛する女の姿を、まるですぐそばにいるかのように、まざまざと目にします。対象を喚起する思考が、喚起される対象としての思考を、通常はすぐ近くをさまよっている別の思考を呼び寄せるわけです。よく知られているように、感情のアナロジーは、思考の結合に影響をおよぼします。この例で言いますと、恋する男は、思いを寄せる女に思考を振り向け、一方、その女もまた、自分に思いを寄せる男に思考を振り向けたのです。過度の刺激を受けた男の思考は、たとえば、先ほども言いましたが、鏡の影響力がおよぶ圏内をさまよう同類の相手を引き寄せるのです。思考をたっぷり吸収した鏡は、まさしく思考に満たされるわけですが、一方、鏡が吸収しきれなかった思考は、その表面を浮遊することになります。そして、それが不透明な木炭を背景に浮かび上がり、目に見えるようになる、というわけです。要するに、この〈黒い鏡〉もまた魔法の道具にほかならない、ということです」

「驚くべきお話ですね！」

「おっしゃるとおり、たしかに驚くべき話ですが、超自然的というわけではありません。誰にでもできることです。できないという人は、それを心の底から欲していないだけの話です」

「それで、どのような条件のもとで行なうのですか？」

「継ぎ目のない木炭板の鏡を用意して、静かな部屋のなかに置き、その前に座ります。そして、呼び寄せたい人の姿を強く念じます。するとじきに鏡の表面に像が現れます」

「それだけのことなら」わたしは勢いこんで言った。「さっそくあなたの鏡を使ってやってみましょう。しかしその前に、鏡に映し出される像がどんな性質のものか教えてください。手がかりとなる事実を知っておきたいのです」

「それは不可能です。鏡に映し出される像の強度や形状はそれこそ人によってさまざまですから。あなたが目にする物の印象をお話しくだされば、それについて可能なかぎりご説明いたしましょう。もっとも、あらかじめお話しすることのできることがないわけではないのですが」

「どういうことですか？」

「忠誠を表す思考は青い小さな雲の形となって現れ、やがてカーネーションとマーガレットの形に落ち着きます。神秘的な霊感は黄金色をしていますし、純粋な愛の発露はバラ色か赤紫色、嫉妬深い愛のそれは緑色をしています。憎しみのイデアは暗赤色、怒りは緋色と黄色の混ざった色合いによってそれと見分けがつきます。さらにもうひとつ、こういうことがあります。秩序立った思考はつねに規則的かつ幾何学的な形状をとりますが、混沌とした思考には明確な輪郭が欠けています。あなたの好奇心を満足させるためにさしあたり言えることは、これで全部です」

わたしは鏡と向き合うようにして、ソファーに腰を下ろした。博士はソファーの後ろに立ったが、わたしの気をそらさないためにそうするのだということだった。

しばらく意識をさまよわせていると、いかなる心理作用によるものか、わたしの脳裏には、二年前に目撃したある犯罪者の姿、処刑のため牢獄から引き出された犯罪者の姿が浮かんできた。わたしはそれを追い払おうとしたが、ほかのことに意識を集中しようとしてもそれができないことを思い知らされただけだった。

「死んだ人間を思い浮かべるとどういうことになりますか？」

「同じですよ。ただし、あなたの脳裏に浮かぶ像がはたして正確なものか否かを知ることはできないでしょう。浮かび上がってくる像がその人のふるまいを忠実に再現しているかどうかを確かめるなんて、およそ不可能ですからね」

「厳密な検証などこの際どうでもいいことです」わたしは答えた。「私はこういう科学的な問題について多少いいかげんなところがあるのです。鏡に映し出される像が、催眠術による暗示というありきたりの手段によって生み出されるものでないことを請け合ってくだされば、それで十分です」

「それについては名誉にかけて誓いますよ。催眠術とは何の関係もありません」

「それでけっこうです。ではさっそくやってみましょう」

わたしはそう言うと、ふたたび円板状の鏡を見据え、意識を集中した。時間は五時だったと思う。開け放たれた窓から快適な光が差し込んでいた。静かな暑い午後、風の音ひとつ、葉ずれの音ひとつ聞こえなかった。博士の穏やかな息づかいが背後から聞こえてきた。

数分が経過したころ、木炭板がたわみ、底知れぬ深みをたたえた漏斗《じょうご》の口のような形になったかと思われた。きっと目の疲れのせいだろう、そう考えたわたしの意識がゆるみはじめたとき、ぼんやりした煙のようなものが鏡の奥深くから立ちのぼってくるのが見えたような気がした。

わたしの意識はふたたび緊張した。

不鮮明な像がかすかに浮かんだかと思うと、黒一色の背景のなかに溶け込んだ。それは消えたかと思うとふたたび浮かび上がってきたが、そのぼんやりした像を見きわめることは不可能だった。鏡の深淵をふたたび暗闇が支配した。暗闇の印象をあえて言葉で言い表せば、ある種の名状しがたい恐怖とでもいえばいいだろうか。深淵から湧き上がるような陰鬱さ、底知れぬ海のごとき眩暈《げんうん》、一面の砂漠に広がる寂寞《せきばく》、そして絶望にも似た何かである。

そのとき、雲のような赤い塊が、なんとも恐ろしい野獣の背中の逆立った毛のように、不意に浮かび上がってきた。そして、突風に貫かれ、下界から立ちのぼる得体のしれない脅威を漂わせながら、暗闇のなかを上昇した。ぼんやりとした赤い雲、空中都市を思わせる巨大な赤い雲は、それゆえなおいっそうおぞましかった。黒一色の表面を覆いつくした雲は、やがてふたつに割れた。そして、身の毛もよだつ裂け目の上に、青ざめた頭部が浮かび上がったのである。

まるで、ありとあらゆる不吉な悪夢、神秘家の目に映ずる地獄のイメージ、いまわしい犯罪などが一緒くたに生み出されたかのようだった。頭部そのものにはなんら恐怖心を抱かせるものはなかった。このうえなく恐ろしかったのは、それがまさに人間の頭部だったということだ。なかば閉じた目、埃のような色に染まった髭《ひげ》、想像を絶する恐怖に支配された額、死んだ魚の腹部を思わせる、燐光を放つ緑色の頰、そして、陰鬱にゆがめられたまま凍りついた口、百年、千年、二万年もの歳月を閲《けみ》してきた口、これらすべてが頭部を押しつぶしていた。亡霊の投げかける視線には、とこしえの戦慄が漂い、こちらを見ているわけでもないのにわたしを包み込んでいる。一点に据えられたガラスの視線は、途方もない孤独を物語っている。

それはまさに、わたしが呼び起こした死者、犯罪者、死刑囚だった。疑いの余地はない。左の眉には、当時の新聞が報じていた傷痕らしきものさえ認められた。

鏡の表面を覆う青ざめた雲はどこまでも大きくなり、不吉な光輪となって、幻のような頭部を取り囲んでいる。おぞましいほど鮮明に浮かび上がった頭部は、いまにも暗闇から抜け出さんばかり、その髭はわたしの頰をなでるかと思われた。

強烈な印象にとらわれたわたしは、無意識のうちに上体をのけぞらせた。巨大な火柱が亡霊のような頭部に倒れかかり、一瞬の閃光に照らされて、下方に燃えさかる幾世代もの世界が見えた……。

そのとき、興奮した博士の手がわたしの肩の上に置かれた。

「もうけっこうです！　お願いですからやめてください！」博士が叫んだ。

彼が叫ぶのも無理はなかった。夕闇に包まれた部屋のなかで、われわれの目の前の黒い鏡、あの円い木炭板が炎に包まれていたのだ。

供《く》犠《ぎ》の宝石

Gemas dolorosas

1898

ソル・イネス・デル・サグラド・コラソン、俗世ではエウラリアという名の私の従《いと》妹《こ》は、ある驚くべき仕事にとりかかった。読者もご承知のように、カタリナ修道女たちは卓越した刺繍の腕前で知られる。私はこれまで、聖なる恩寵に包まれたアイリスの花のような白い手の巧みな業《わざ》によって、まことに美しい黄金とシルクの花々が、楽園のゲッセマネ[1]に咲きほこる花々もかくやとばかりに、ダマスク織りやサテン、ランパ[2]地から浮かび上がってくるさまを目にしたことがある。壮麗を極めた拝礼の儀は奇跡のような輝きと柔らかな色合いに包まれ、くぐもったバイオリンの音色は、司教の神聖な敬礼に合わせて、歳月を経た波紋《モアレ》の上できらめく。荘厳な聖衣に縫いつけられた金銀のラメや硬い波形模様の絹地から、輝く心臓や光明を戴くホスチア[3]、聖杯に描かれた黄金のチューリップ、あるいは、金のアラベスクが放つ青白い炎に舐められた、象徴のペリカン[4]の鋭利な翼が浮かび上がる。頭上にミトラ[5]を戴き、燃えるような祭服を身につけ、信者を祝福するために向き直る司教のなんと美々しい姿であることか！　それはまるで大きな黄金の聖杯のようだ。ゆらめく蠟燭の炎の下、没薬《もつやく》[6]から立ち上っては虚空に消えてゆく煙に包まれ、祭服《ダルマチカ》とストラ[7]は光彩陸離《こうさいりくり》たる輝きを放っている。聖なる秘跡の栄光に黄金が降り注ぐ。来たれ《ヴェニ》、創造主たる聖霊《クレアトール・スピリトゥス》[8]よ！　開かれた祈禱書

1　新約聖書に登場するゲッセマネの園のこと。エルサレム近郊に位置し、キリストが受難に先立って苦悩し、最後の祈りをささげた所。
2　家具・掛け布用織物。
3　カトリック教会で聖体拝領に用いるパンのこと。
4　中世ヨーロッパでは、ペリカンは自らの胸を嘴《くちばし》で突いて流れ出る血を子に与える習性があると考えられ、すべての人間への愛によって十字架に身を捧げたキリストの象徴であるとされる。
5　司教が被る冠。
6　おもに東部アフリカおよびアラビアに産する植物から採集したゴム樹脂。独特の芳香があり、古来香料・医薬また死体の防腐剤などに用いた。
7　カトリック教会の司祭などが祭式のときに首から垂らす帯状の布。
8　グレゴリオ聖歌の一節。

の赤いイニシャル[9]が福音書の始まりを告げ、オルガンの深い音色がとぎれとぎれに福音の文句をなぞりはじめる。壮麗な儀礼をつかさどる威厳に満ちた司教の、ビザンチウムの聖画像を思わせる姿のなんと美しいことよ！　司教の年古《としふ》る頭《こうべ》の上で、鳩の翼が小刻みに動くのが見えるかのようだ。

　というわけで、ソル・イネス・デル・サグラド・コラソンは、ある驚くべき仕事にとりかかった。来たる復活祭の日に司教が袖を通す上祭服《カズラ》に、金のラメの刺繡をほどこそうというのだ。わが従妹のエウラリアは、なによりも象徴を重んじる修道女だった。修道院ではさして珍しくもないことだ。聖なる神秘の暮らしは、もろもろの象徴体系のなかで営まれる。神学上の位階も象徴から成り立っている。しかし、この話はまた別の機会に譲ることにしよう。詳細を知りたい向きには、サンタ・テレサ[10]の『霊魂の城』やエンメリック[11]の著作をひもとくことをお勧めする。彼女らは、みすぼらしい涙壺[12]にすぎぬ私などよりも多くのことを知っているのだから。

　わが従妹のエウラリア、ソル・イネス・デル・サグラド・コラソンは、上祭服《カズラ》に刺繡をほどこそうと思い立った。それは壮大な試みであると同時に熟慮を要する企図でもあり、彼女はみずから進んで、秘密の面会室の仕切り越しに、私の乏しい知識の助けを求めた。われわれは面会室で何度も話し合いを重ねたが、私が与えた数々の助言のおかげで、彼女はまちがいなく、日々の勤めのなかで、私の魂の安寧のために熱心な祈りを捧げてくれたことだろう。ソル・イネスは、偉大なる仕事に役立ててほしいと一族の富裕な貴婦人たちが寄贈してくれた宝石を用いて、我らが救世主イエス・キリストの姿を象徴する図柄を、きらびやかな生地のなかに縫い込むことを欲した。そして、面会に費やされた八日間が過ぎたある日、われわれはついに話し合いを終え、それから三月《みつき》後、念願の上祭服《カズラ》は完成した。村の司教は日曜日の今日、並み居る信徒たちが驚きの目を注ぐなか、上祭服《カズラ》をお披露目することになっている。教会が種々の象徴が縫いこまれた祭服は、掛け値なしの珠玉の作品に仕上がった。

9　章や節の冒頭に用いる装飾的字体のこと。
10　サンタ・テレサ・デ・ヘスス。一五一五―八二。スペインの修道女。カルメル会を改革した神秘思想家として知られる。
11　アンナ・カタリナ・エンメリック。一七七四―一八二四。アウグスチノ会のドイツ人修道女で、数々の幻視や聖痕にまつわる言い伝えで知られる。
12　古代ローマ人が哀悼者の涙を入れたと考えられた壺。実際は葬儀に用いられた香水瓶。

堕落してしまった今日、このような見事な刺繍が世に送り出されることはもはやない。新教徒の手になる粗悪きわまりない祭服が司祭たちの肩からぶら下がっているありさまだ。アメリカ合衆国はまるで犂《すき》か何かのように上祭服《カズラ》を輸出し、物置部屋で仕事をする宝石細工師の恐るべき無知ゆえに、いにしえの詩に流れる神秘的な調和――そこには、並外れた腕前の持ち主である銀細工師エンリケ・デ・アルフェがコルドバの聖体顕示台に埋め込んだ絢爛豪華なダイヤモンドが詠みこまれている――はことごとく台無しになってしまった。しかし、ソル・イネスは、暁の露よりも純粋な神秘の白百合ともいうべき女性であり、彼女の針は、往古の続唱[13]――その響きが縫い目を印《しる》していく続唱――に合わせて巧みに動く指に操られ、宝石が縫いつけられた生地の上を、まるで奇跡の餌をついばむ神秘の鳥の嘴のように、すばやく動き回るのだった。

　きらめくラメの輝きは、静かな湖面に砕け散る黄金の太陽のごとく燃え上がり、点《てん》綴《てい》するエメラルドとルビーの火花が棘《いばら》の冠を象徴している。希望をもたらすエメラルドと鮮血をしたたらせるルビーだ。なぜなら、緑色の棘は、熱い滴《しずく》に覆われて次々と若芽に変じ、ついには悔恨の木の生々《せいせい》たる根となったからだ。悔恨の木の陰では、ありとあらゆる贖罪の祈り――苦しみに支配された救いのなかの希望である贖罪の祈り——が、うめくような声を上げたのだった。その少し下のほうには、祭服の両側に縫いつけられた二輪のルビーの薔薇が、御手に刻まれた聖痕を表している。おのおのの薔薇の中央には、雌蕊《めしべ》をかたどったダイヤモンドがはめ込まれ、磔刑《たっけい》の釘に穿《うが》たれたあの恐るべき穴から湧き出る神々しい光を象徴している。下方にはさらに二輪の薔薇が縫いつけられ、見る者にお御足《みあし》に刻まれた傷を想起させる。脇腹の無残な槍傷は、一房の黄玉によってかたどられ、紫水晶に縁取られた三つの大きなトパーズが三本の釘を表している。祭服の中央を占めるつや消しの黄金の浮き出し模様は十字架を象徴し、その周囲を取りかこむように見事な銀のバーベナ[14]が若芽を絡ませている。その幻影のごとき枝葉は、たわみながら花々を捧げ持ち、痛ましい象徴の数々がきらびやかな宝石細工の競演を繰り広げる生地の上に、静かに降り注ぐ雨のような花弁を解き放っている。それは優美でもなければ気品に満ちているわけでもなく、鈍い破裂音のような広がりを見せている。見る者を当惑させる過剰な華やかさを与えられたそれは、

13 復活の主日と聖霊降臨の主日のミサで、アレルヤ唱の前に歌われるもの。
14 クマツヅラ科クマツヅラ属植物。亜熱帯アメリカに多く分布。

絢爛豪華、侵しがたいほどに絢爛豪華だ。まさに途方もない驚異に満ちあふれている。至上の愛、すなわち、その恍惚たる消滅が神の神秘の絶頂においてのみ可能な類まれなる幸運が、種々の供物に満たされている。その孤高の白百合を摘み取る両手は黄金に浸される。豪奢への飽くなき渇望が、天上の婚姻に臨む聖なる花嫁を悩ませる。羊毛のチュニックは、花嫁の目には仰々しく映るが、その心は、無垢な夫の栄光に引き比べれば取るに足りない不確かな存在であるオフィル[15]とジパング[16]を熱望する。

ソル・イネスは、聖なる心臓のありかを示したいと考えた。きらめく柘榴《ざくろ》石がそのために捧げられることになったが、この聖なる石の輝きは、神秘主義者に言わせると、神の顔《かんばせ》を象徴するものにほかならなかった。この着想を得たのは私だが、望みの宝石を探し出す役目を担うことになったのももちろん私である。しかしどうしても見つけ出すことができず、およそ不可能と思われる手段さえいろいろ試みた挙句、探索の不首尾を彼女に告げねばならなかった。面会室の仕切りの向こうで、重々しくも甘美な声がこう答えた。

「主は、しがない僕《しもべ》であるこのわたくしに恩寵を拒みはしないでしょう」これは彼女の口から聞いた最後のことばとなった。

壮麗な礼拝の儀とともに枝《えだ》の主日《しゅじつ》[17]がやってきた。司教猊下《げいか》は修道院の教会で荘厳ミサを執り行った。聖歌隊の輪の後方に控えた修道女たちがオルガンの音色に合わせてミサの進行をつかさどっている。ソル・イネスはその日、純真なる哀願を決意していた。地上の罪を覆いつくす香煙のなかをホスチアが持ち上げられたとき、聖なる修道女ソル・イネスの魂は、その身に流れるすべての血を高価な財宝のごとく捧げ、あの柘榴石の恩寵を、神への供犠《くぎ》と同時にもたらされる至高の慈悲に乞うた。供犠は受け入れられた。丸天井の陰から一羽の鳩が飛び出したかと思うと、祭壇めがけて飛んでいったが、その姿は誰にも見えなかった。香炉の熾《おき》を嘴にくわえた鳩は、しなやかな羽ばたきとともにそれを処女の胸に置いた。殉教に身を捧げた白百合の花に猛烈な火炎が襲いかかった。火勢はいや増し、炬火《たいまつ》のごとく燃え上がったかと思う間もなく炎を噴き上げる火の山となり、神への賛美に満たされたあの純潔きわまりない聖杯を一瞬にして焼きつくした。涙ひとつ流されることなく、苦しみは光り輝く断末魔の忘我

15 旧約聖書で金の産地として語られる地名。
16 マルコ・ポーロの『東方見聞録』に記載がある。日本を指すと考えられる。
17 復活祭直前の日曜日。

のなかに呑みこまれてしまった。「主よ、わが血潮を受けたまえ。御身《おんみ》の神々しき愛のなかでわが身の焼かれんことを。御身に加えられた辱めをわが肉体の苦しみもて償いたまえ。わが身よ、迷える羊たちの罪を清める骨壺となれ！」天使たちは、純真無垢な鳩がそう唱える声を耳にした。厳かにつづく典礼は至福の道を切り拓き、ソル・イネスの肉体は、解放をもたらす殉教の炎に包まれて焼きつくされた。

こうして、超自然的なエクスタシーをもたらす仮借なき熱が、聖なる月曜日の明け方、修道女の命を奪った。修道院付きの医師は、百合の花のごとき若さを保った肉体に一滴の血も流れていないことを知って驚いた。その日を境に、司教猊下の上祭服《カズラ》には、燃え上がる柘榴石がほどこされ、そのまばゆいばかりの輝きは見る者の瞳を焼き、痛ましき象徴の数々が花開く黄金の生地の上で、聖なる心臓のありかを示した。それを目にした者は、まるで血の汗を流しているようだと口にした……。

エウラリアよ、御身の手によって純金のラメの刺繍がほどこされたあの上祭服《カズラ》のなんと美しいことよ！　おお、エウラリア、選ばれし薔薇の花たるイネスよ、果樹園を領する神々しき香りよ、白百合のイネス、愛しき修道女のイネスよ！

円の発見

El descubrimiento de la circunferencia

1907

クリニオ・マラバルは狂気にとりつかれていた。座ろうが立とうが、あるいは横になろうが、チョークで描いた円のなかに身を置いてからでないとどんな姿勢も保てないという狂気にとりつかれていたのである。いつもチョークを持ち歩いていたが、精神病院の仲間たちにチョークを盗まれると木炭を手にし、石が敷きつめられていない場所では木の棒を代わりに手にした。

うわのそらで話している彼を仲間たちが円の外へ押し出すことも何度かあったが、病院長の命令で、そうした悪ふざけはただちに打ち切られた。というのも、円の外にはじき出されたクリニオ・マラバルは、重い病気にかかってしまうからだった。

そういうことを別にすれば、マラバルは温厚な人物で、話しぶりはいたって控えめ、おのれの狂気についても、まるでそれを憐れむかのように笑いながら話すのだった。

とはいえ、自分の身を守ってくれる円をこっそり見張ることだけは怠らなかった。

では、クリニオ・マラバルの奇癖がどのようにして生み出されたのか、それを以下に語ることにしよう。

マラバルは幾何学者だった。とはいえ、実践を重んじる幾何学者というよりも、机上の読書に終始する幾何学者だったというべきだろう。公理について考えつめた挙句、ユークリッドの公理をテーマにお粗末きわまりないソネットをひねりだす始末だった。しかし、ソネットが完成する前に、テーマがあまりにもばかげていることに気づき、友人に指摘されるやその出来の悪さを思い知らされた。

クリニオ・マラバルが狂気にとりつかれたのは、線の性質について考えをめぐらせているときだった。彼は、いとも簡単に、つぎのような結論に達した。すなわち、線は無限である、なぜなら、線の展開を内に含みうるものはどこにも存在しないからであり、したがってそれは、果てしなく伸びてゆくことが可能だからだ……。

あるいはこうも言えるだろう。線は要するに数学的な点の連続であり、それらの点はいずれも抽象的なものであるから、線を限界づけるものはどこにも存在しないし、線の展開を押しとどめるものも存在しない。あるひとつの点が空間を移動することによって線を生み出す瞬間から、それが静止すべき理由はどこにもないのだ。というのも、点の移動をはばむことのできるものなどどこを探しても見つからないからである。したがって線というものは、それ自身を除くいかなる限界にも縛られることがない、ということになる。こうして円が発見されるにいたったのだ。

この真理を手にするや、クリニオ・マラバルは、円が存在の根拠にほかならないことを理解すると同時に、もうひとつの真理、すなわち、存在というものは円の概念を失った瞬間に死を迎える、という真理にたどりついた。

以上が、クリニオ・マラバルの病状に関する医師の説明である。

クリニオ・マラバルはまた、自身の考えを補足するために、こうも考えた——。存在とはすなわち、ある種の数学的な確信にほかならない。大多数の人間にとって、この数学的な確信は、統一、つまり、それ自身によって限界づけられている線のもつ抽象的な明白性にもとづくものである。このことは、定式化の必要のないところで代々受け継がれていくところから、純粋な本能にほかならず、当然のことながら、苦悩をもたらすということがない。〈統一性〉に支えられた存在物は、終末がもたらす相関的な作用によって死を迎えるが、これら存在物たちは、円の完全性を把握することができないときに終末を受け入れる。なぜなら、完全な円には終わりというものがないからであり、したがって死は存在理由を失うからだ。

問題の本質を理解することのできるごく少数の者たちは、みずからを取り囲む円を監視することを迫られる。すでに見たように、それこそまさに、クリニオ・マラバルがつねに実践していたことなのだ。

このような方法によって彼は、不死を手に入れようとした。医師の語るところによると、彼はあまりにも強固な暗示にとりつかれていたために、二十年にわたる精神病院での生活を通じて、いかなる老いの兆候も見せることがなかった。

クリニオ・マラバルは、円によって仕切られていない場所に長く身を置きたくないという理由から、できるだけ歩かないようにしていたし、眠るときは地面に横たわった。周囲の人間は、そんな彼の奇癖に敬意を払うことにも慣れていた。

ところがあるとき、病院に新任の医師がやってきた。彼はクリニオ・マラバルの奇癖に眉をひそめた。

新任の医師はクリニオを手ひどく扱うようになったが、それでも彼は腹を立てなかった。ただ、チョークで描いた円を消されそうになると、狂ったような叫び声を上げたため、医師は途中であきらめなければならなかった。その日を境に、クリニオは病院のオフィスや中庭などの目立たないところに、いざという場合に備えて予備の円を描きはじめた。

ある夜、新任の医師は、自分の思いどおりに行動しようと心に決めた。病院でも物好きな男として知られていた彼は、やはり執念深い性格の持ち主だったのだ。医師は、クリニオが眠っているあいだに、チョークで描かれた円をきれいに消してしまった。医師の悪ふざけに気づいた狂人たちのなかには、予備の円を探し出してはせっせと消していく役目を買って出る者もあった。

その後、クリニオ・マラバルは二度と起き上がらなかった。円が消されるのと同時に事切れてしまったのである。

この出来事はそれなりの騒動を引き起こしたが、医師という敬うべき職業に対する気づかいのためか、しかるべき法的措置が講じられることはなかった。ところが、大変なショックを受けた狂人たちは、それ以後、クリニオ・マラバルの声をいたるところで耳にするようになった。

夜になるとベッドの下で二分以上もしゃべりつづける声が聞こえてきたし、菜園のあちこちからも声が聞こえるようになった。狂人たちは何かを知っているにもかかわらず、それを口に出したくはないようだった。

興味深いことに、この不思議な現象はいつしか病院の助手たちをも巻き込み、彼らもまた、死んだはずの狂人がしゃべりつづける声をたしかに耳にしたと断言するようになった。

そんなある日の午前十一時ごろ、われわれ病院の関係者たちは、夏の強い日射しをさえぎる中庭の回廊で、この出来事について医師とあれこれ語り合っていた。

すると突然、二十歩ほど離れたところに置いてある、名前はわからないがある種の珍しい植物の上に伏せられた缶の下で、誰かがしゃべっている声が鳴り響いた。それはまぎれもなくクリニオ・マラバルの声だった！

われわれが驚きから立ち直るよりも早く、狂人たちはうなり声を上げながら、はねられた首とおぼしきものが隠されているにちがいない場所にむかって牛のように突進した。われわれはみな動揺の色を隠せなかった。目の覚めるような明るい日射しの下、平坦な中庭に伏せられた缶のなかで、われわれの聞きなれた言葉を繰り返すあのクリニオ・マラバルの声が鳴り響いていたのだ。完璧きわまりない解剖のあと、一週間前に埋葬されたはずのあのクリニオ・マラバルの声が。

狂人たちは獰猛《どうもう》な目をこちらに向けていた。われわれはみな恐怖に身を震わせた。もしあのとき、発作的な衝動にかられた医師が缶を蹴飛ばすことがなかったら、われわれはいったいどうなっていたことだろう。

声が突然止んだ。逆さまに伏せられた缶の跡を示す四角形の線、カビに縁取られた四角形の線のなかに、クリニオ・マラバルがチョークで描いた円が残されていた。

小さな魂《アルミータ》

Las almitas
1936

大気を熱し、朦朧とするほどの光を発する太陽、揺らめく蜃気楼を生み出す焼けつくような正午の太陽の下、山は、淡い緑に覆われた巨大な岩を打ち出し模様のように際立たせ、くすんだ亜鉛色の地肌をところどころ見せていた。荒涼たる道は埋《うず》み火のように平らにならされ、乾いた日射しの下で大気が不機嫌に黙りこんでいる。エノキとココヤシが密生する遠方の白い建物へ近づくにつれ、これでようやく暑さから逃れられるのだという喜びがわきあがってくる。

とはいえ、これほど深い孤独を味わったことはかつて一度もなかった。唇には、乾燥がもたらす不快な味が感じられる。熱を帯びた煉瓦の匂いが、歩くにつれて舞い上がる砂埃のなかを漂っている。降り注ぐ日射しが鐘のようにうなじをがんがんと打ちつける。私の乗るラバの耳さえ、炎暑にあえぐ荒廃の色に染め上げられてしまったかのようだ。草の生えた丘陵が広がる荒れ果てた平野の上空に不意に姿を現すモンヒータ[1]、干からびたゴウルリエア[2]の絡み合う枝の上にとまっているモンヒータ——あそこでは白い小鳥をそう呼ぶが、ビウディータ[3]とかボジェロ[4]と呼ぶ者もいる——の、純白に覆われた魅惑的な姿が、殺風景な景色に彩りを添えている。

モンヒータは、私がそばを通り過ぎるのと同時に羽ばたいたが、枝に舞い戻ったところを見ると、べつに驚いたわけでもなさそうだ。その姿はまるで、心のこもった歓迎を予告する白い小さなハンカチのようだった。まもなく家へ迎え入れられた私は、この物語の題材となる出来事に促されて、その時のモンヒータとの出会いを思い出したものだ。

私たちは、農園の広々とした日干し煉瓦の食堂のテーブルにつき、昼食をしたため

---

1 インコの一種。「修道女」の意。
2 南米に分布するマメ科の木。果実は甘く食用。
3 「若い未亡人」の意。
4 「牛飼い」の意。

た。涼しさを保つために食堂の扉はなかば閉ざされていたが、梁《はり》の渡された天井が、逆さまの揚水ポンプを思わせる薄暗い穴倉のなかの涼気をいっそう深めていた。家の女主人がパンを薄く切ると、つがいのモンヒータが浮かれ騒ぐように梁を飛び立ち、テーブルクロスの上に舞い降りた。女主人が放し飼いにしている二羽のモンヒータは、分け与えられたパン屑に飛びついた。

新しい羽毛が生えかけた鳥たちは、パン屑をくわえると、自分たちの羽でこしらえた愛の巣へ運び入れた。周囲の環境に慣れ親しみ、十分に飼いならされた鳥たちにとって、鳥籠など無用の長物だった。もう大人になっていた彼らは、ハエや昆虫を見つけてはきれいに食べてしまうことで人間の役に立っていたのである。

私は、ここへ来る道すがらにもモンヒータを見かけたことを話し、目にも鮮やかな純白――黒い縁飾りのような翼と尾がいっそう引き立てている純白――に由来するその名がいかにふさわしいものであるかを口にした。

「あの黒い小さな嘴《くちばし》も本当によく似合っていますこと」女主人が甘い声で言った。

「それにあの真っ黒な目も、いかにもこのあたりの鳥ならではといった感じではありませんか！」彼女の夫が陽気にほめたたえた。

「でも、ビウディータという名前もぴったりだと思うわ」女主人が引き取った。「白が喪を表す色だった時代の名前でしょうね」

「ボジェロという名前もぴったりですよ」私も負けじと言った。「あの鳴き声はまるで牛を追い立てるときの口笛のようですからね」

「アルミータというのも素敵だわ」女主人が割って入った。「いまでは片田舎の老人が口にするだけですけどね。ある伝説にまつわる名前なんですよ。あなたもきっとご興味がおありでしょう」――。

――もうずいぶん昔のことになりますが、ひどい旱魃《かんばつ》に襲われたことがありました。三年ものあいだ――神のご加護がありますように――雨が一滴も降らなかったのです。隣り合う二軒の掘っ立て小屋に貧しい夫婦がそれぞれ暮らしていたのですが、彼らにはまだ幼い子どもが一人ずついました。ソイラとファンシートという名の子どもたちです。

5　「小さな魂」の意。

貧しいと言っただけでは足りないでしょう。事実彼らは、言葉では言い表せないほどの貧困にあえいでいました。農場には作物も仕事もなく、食べるものといえばイナゴマメの莢《さや》くらい、それすらごくわずかしか残っていないというありさまです。木々は、強烈な日射しや地を舐める炎に焼かれ、次第にまばらになっていきました。人々はついに、サンダルをこしらえる役にしか立たない革の切れ端まで口にするようになりました。サンティアゴ・デル・エステロ出身[6]のある忍耐強い男など、財産といえばたった一頭の牛ばかり、赤ん坊を抱いた妻を牛の背に乗せ、自分は牛追い棒を片手に、どこかへ行ってしまったということです。

不幸のなかで固く身を寄せ合うようになった二組の夫婦は、貧乏暮らしの苦しみを分かち合いました。無慈悲に乾ききった大地のうえで、最後に残った雌ヤギを食べなければならなくなった彼らは、日がな一日遊び戯れる子どもたちのかわいらしい姿を眺めては心を慰めていました。掘っ立て小屋の日よけの下で遊ぶ子どもたちはいつ見ても愛らしく、かわいそうなことに、ありもしない動物の群れを想像しては木の枝を片手に追い回したり、起こしても何の役にも立たない木製の筒《モルテーロ》の上にまたがったり、いかにも五歳の子どもらしい無邪気さ、過酷な運命の仕打ちを嘆く年頃になるまではけっして失うことのないあどけなさを見せながら遊び戯れるのでした。子どもたちがどれほど従順で素直だったとしても、体を痛めつける強烈な日射しからいつも守ってやる必要がありました。よく知られているように、旱魃をともなう日射しはやっかいな病気を引き起こすからです。とりわけあの静かな昼下がりにはその危険がありました。焼けつくような日射しは灼熱の大地を燃え上がらせ、小さな炎を目にした子どもたちは、おもしろがってあちこち走り回り、サンダルの底で踏みつけようとしました。強烈な太陽はしばしば火事を引き起こしたのです。おそらく、常軌を逸した暑さによって解き放たれた悪魔が火をつけるのでしょう。それはけっして強い輝きを放つ幻ではなく、正真正銘の炎です。無垢な子どもたちはやけどを負う危険にさらされました。それは、興味をそそる物珍しい光景であるがゆえに、よりいっそうの危険をともなういたずらや、しごくもっともな理由から恐れられている不幸の原因ともなりうるのです。子どもたちは、飢えで衰弱した体を引きずるように歩いていましたが、ある日ソイラが不意に病に倒れ、その二日後、高熱のために死んでしまい

6 アルゼンチン北部の州。

ました。

小さな亡骸《なきがら》を納める棺もなく、すみやかに埋葬する手段にも事欠いていた彼らは、少女が寝床として使っていた仔馬の皮で亡骸を包んでやることしかできませんでした。少女の体は、こういう場合の常として、大きな木の枝に吊されました。そうすることで、小さな天使がじきに昇天することができると考えられたのです。夜になれば、流れ星となってはるか上空を飛んでゆく天使の姿が見られるはずでした。こうして、田舎暮らしの日々を送る人々に特有のあきらめ、杭のように深く根を下ろしたあきらめの念とともに、困難を耐え忍ぶ生活がふたたびはじまったのです。

ところが、大人たちはやがて、少女がいなくなったという事実を受け入れることができないファンシートを見て、心を痛めるようになりました。

それが何を意味するのかわからない、というよりも、その耳慣れない響きを感じることしかできない言葉――「ニャニャ[7]は天に召されたんだよ」――を耳にすることにも飽きると、ファンシートはつまらなそうに遊んだり、悲しげな表情を浮かべた母の膝に身を寄せては、ことあるごとに立ち上がってどこにもいないはずの少女の姿を無言のまま探したり、扉や衣装箱のうしろに隠れているのではないかと思ってそちらに目をやったり、甕《かめ》や木製の筒《モルテーロ》の口をのぞき込んでは、甘い声で何度も「ニャニャ、ニャニャ……」と呼びかけたりするのでした。

大人たちは、ファンシートを慰めたり、振り捨てることのできない少女への思いを忘れさせようと厳しく叱ったりしましたが、彼は泣きもしなければ抵抗もしませんでした。ただ遠くを見つめて、大きな目をじっと見開いている様子は見るも憐れでした。

集落から遠く離れて、小道から外れた大地を黙々と歩いている少年の姿が見つかることもありました。家に帰り着き、いったいどこへ行っていたんだいと訊ねられると、悲痛な決意のこもった無邪気な口調でこう答えるのでした。

「ニャニャを探しに行ったんだよ」

ある日、午睡《ごすい》の眠気に襲われた大人たちが目を離した隙に、ファンシートの姿が見えなくなってしまいました。きっと隣の小屋で寝ているにちがいないと誰もが思っていたのです。

7 ケチュア語に由来する言葉。おもに姉妹への呼びかけの際に使われる。

大人たちが慌てて野に飛び出したことは言うまでもありません。心配なことに、男の子の小さな足跡は、近くの丘の石ころの地面で途切れていました。

一行の先頭に立って丘をいくつも越えた父親は、遠方にわが子の姿を認めました。荒涼たる風景がどこまでもつづくなか、火の雨が降っていました。父親は、子どもにいくらか近づくと口笛を吹いたり、叫び声をあげたりして呼んでみましたが、なにをやっても無駄でした。小さな影は、父親の声がまったく聞こえないのか、ますます遠ざかり、前方へ伸ばした右腕は、果てしなく広がる光を指し示しているかのようでした。なにやら大変なことが起こっているにちがいないと思った父親は、子どものあとを追いかけましたが、思うように近づくことができません。

逃げていく小さな人影は、大人に手を引かれた子どものような足どりで遠ざかっていきましたが、実際はそれよりも速く進んでいるようにみえました。そして、少しずつ地面から浮き上がり、まるで宙を浮遊するように遠ざかっていくのです。

初めは、男の子が巻き上げる土埃のなかのまばゆい照り返しかと思われましたが、不安のあまり正気を失った父親の半狂乱の叫びと同時にいっそう高く舞い上がった男の子の体は、四方に広がる輝きに包まれたまま消えてしまいました。そうです、男の子はまるで目に見えない窓に呑み込まれるように、一瞬にして消え去ってしまったのです。果てしない空間のなかに、光に満ちた虚空のなかに吸い込まれるように……。

男の子を捜し求めて、大人たちはどれほど歩き回ったことでしょう。それこそありとあらゆる場所を捜しました。男の子が消えた場所には、引きずられたような跡があるばかりでした。その端には、なかば焼け焦げた小さなサンダルが落ちていました。

それから間もなく、見たことのない神秘的な、純白の小鳥が二羽、小屋のそばに飛んできました。大人たちはどういうわけか、このうえなく悲痛な、言葉にならない確信をもって、それがつがいのアルミータであることを悟ったのです。

「きっとそのとおりなんでしょうね」敬虔な気持ちに打たれて私はそう言った。

ウィオラ・アケロンティア 1

Viola Acherontia
1899

　あの風変わりな庭師が望んでいたのは、死の花をつくりだすことだった。その試みは十年前にさかのぼるが、いつも不首尾に終わっていた。というのも、植物には魂が存在しないと考えていた庭師は、もっぱら造形上の関心にのみかかずらっていたからである。接《つ》ぎ木や交配をはじめ、あらゆる手段を試みた。黒いバラをつくりだすことに熱中した時期もあったが、その研究からは何も得るところがなかった。その後、トケイソウとチューリップに関心を寄せたが、じつに奇妙な標本が二、三、得られただけだった。さらに、ベルナルダン・ド・サン＝ピエール[2]の著作に導かれ、花と妊婦のあいだに類似性が存在する可能性について学んだ。花にせよ妊婦にせよ、みずからが望む対象物のイメージを随意に受け止めることができる、というわけである。

　この大胆な説を受け入れることは、すなわち、受け止めた印象を具体化し、保持することのできる高度な精神、ひと言でいえば、下等生物の場合と同程度の自己暗示を可能にする高度な精神が植物にも具《そな》わっているとみなすことを意味する。われらが庭師は、まさにそのことを証明したのだった。

また、彼によると、蔓性《つるせい》植物の新芽の発育は、ある種の思考過程に従うものであり、そこにはさらに、一連の試行錯誤を生み出す意思が伴っている。一見気まぐれなカーブやL字形曲線、方向性の決定、さまざまな高さへの順応など、枝や根、子葉が示す特徴はすべてこれに起因するものである。そして、ある単純な構造からなる神経系が、そのような謎に満ちた機能を統御している。また、どの植物にも、頭脳に相当する球根および原初形態の心臓が具わっており、それぞれ根のくびれの部分と幹に位置している。繁殖を可能にする圧縮体ともいうべき種子を観察してみれば、そのことは明らかである。クルミの胚はまさに心臓の形をしており、子葉の形は脳にそっくりである。胚から顔をのぞかせる二枚の葉――原初形態の葉――は、明らかに二本の気管支を連

1　ラテン語を用いたルゴーネスの造語。「死のスミレ」の意。
2　一七三七―一八一四。フランスの作家・博物学者。ルソーの弟子。大作『自然研究』のなかで発表した少年少女の悲恋を描いた小説『ポールとヴィルジニー』で有名。

想させるものであり、発芽の過程を通じて重要な役割を果たす。

形態学的なアナロジーは、かならずといっていいほど本質的なアナロジーをともなうものだ。したがって暗示というものは、一般に信じられているよりも広範囲にわたる影響を生物の形態におよぼす。予知能力に恵まれていたミシュレ[3]やフリース[4]のごとき博物学者たちは、実験によってその正しさが立証されつつあるこの真理を予見した。小動物の世界はそれを見事に証明している。鳥は、空がいつも澄んでいる国に生息するものほど派手な色をしている（グールド[5]）。青い目をした白猫は、一般に耳が聞こえない（ダーウィン[6]）。魚類のなかには、波の形状をゼラチン状の背中に忠実に写しとっているものがある（ストリンドベリ[7]）。ヒマワリはつねに太陽のほうに顔を向け、太陽核や光線、黒点のありようを正確に再現している（サン＝ピエール）。

出発点となるのは以下の事実だ。『ノヴム・オルガヌム』のなかでベーコンが述べているところによると、悪臭を放つ場所の近くに置かれたニッケイやその他の芳香性植物は、みずからが蓄える芳香と周囲の悪臭が混ざり合うことのないように、芳香を外部に漏らすことなく、かたくなに自身の内部にとどめようとする。

わたしが出会ったあの非凡な庭師が試みていたのは、スミレに暗示をかけることだった。スミレは並外れて神経質な植物であると考えていた庭師によると、ヒステリックな女性がいつもきまって大げさな愛情や恐怖感をスミレに抱くのも、まさにそのことによって説明される。庭師がもくろんだのは、匂いのない致死性の毒、劇的な効果を有する無臭の毒を発するスミレをつくりだすことだった。常軌を逸したことでないとすれば、彼がいったい何を意図していたのか、わたしには見当もつかなかった。

質素な身なりの老人は、卑屈ともいえる丁重な態度でわたしに接した。彼はこちらの意図をすでに察しており、われわれはただちに、お互いの距離を縮めることになった共通の話題について言葉を交わした。

自分の手で育てていた花々に父親のような愛情を注いでいた庭師は、花に寄せる熱

3　ジュール・ミシュレ。一七九八―一八七四。フランスの歴史家。

4　エリーアス・マグヌス・フリース。一七九四―一八七八。スウェーデンの植物学者。

5　ジョン・グールド。一八〇四―八一。イギリスの鳥類学者。

6　チャールズ・ダーウィン。一八〇九―八二。進化論を首唱したイギリスの生物学者。白猫の記述は『種の起源』にみられる。

7　一八四九―一九一二。スウェーデンの劇作家。錬金術や交霊術への関心が深かった。

烈な思いを口にした。先に述べたもろもろの仮説や事実などが会話の糸口となり、わたしがその種の話題に明るいことを見てとった庭師は、いっそう打ち解けた態度を見せるようになった。

庭師は、奇妙なくらい事細かに自説を展開すると、問題のスミレを披露するためにわたしを案内した。

「私は」庭師は歩きながら言った。「スミレが本来具えている性質を後押しすることによって、毒を生む個体をつくりだそうと考えました。当初の狙いとは異なる結果が得られましたが、まぎれもない驚異をもたらしてくれたことはたしかです。それに、毒を発散するスミレをこの手でつくりだすという夢をあきらめたわけではありません。ここです。どうぞご覧ください」

スミレは、庭の端、珍奇な植物に囲まれた小広場のような区画に植えられていた。見たところごく普通の葉のあいだから花冠が突き出ていたが、それは黒い色をしていた。わたしは最初、パンジーではないかと思った。

「黒いスミレですか！」わたしは叫ぶように言った。

「そうです。不吉なイデアが花のなかにしっかり吸収されるように、まずは色から手をつける必要がありました。黒は、白い喪服を身につける中国人の場合は別として、喪を表す自然な色です。というのも、それは夜を表す色であり、悲しみや生命力の減退、死の兄弟ともいうべき眠りを表す色でもあるからです。また、これらの花には匂いがありませんが、それは私の狙いにも合致します。匂いがないというのもやはり、相関の法則がもたらすもうひとつの結果なのです。実際のところ、黒は、芳香の対極にある色といってもいいでしょう。千百九十三種を数える白い花のなかで、芳香のあるものは百七十五種ですが、悪臭を放つものは十二種です。一方、十八種ある黒い花のうち、無臭のものは十七種、悪臭を放つものはたったの一種です。しかし、面白いのはここからです。驚くべき事実はまた別のところにあるのですが、それについてお話しするためには、まことに遺憾ながら、長々とした説明が必要です……」

「どうぞお気遣いなく」わたしは言った。「学びたいというわたしの気持ちは、単なる好奇心よりも強いのです」

「それでは、私がどのような方法で実験を進めたのか、それについてお話ししましょう」

「最初に、不吉なイデアの成育を促す環境を整えてやる必要がありました。そして、一連の現象を通じて花にイデアを暗示するのです。さらに、花の神経系を、不吉なイメージを受容してそれを固定する状態に保ちます。そして最後に、スミレに含まれる液のなかで数種の植物性有害物質を混ぜ合わせ、毒を生成するように仕向けます。あとは遺伝が引き受けてくれます。

いまあなたがご覧になっているスミレは、そうしたやり方で十年かけて育てられた種に属します。退化を防ぐために何度か交配を重ねましたので、実験の最終的な成功を手にするまでにかなりの時間がかかりました。最終的な成功と申しましたのは、黒い無臭のスミレを生み出すこと自体、ひとつの立派な成果と言えるからです。

とはいえ、それはけっして難しいことではありません。つまるところ、多種多様なアニリンを生成するための炭素を基本とする一連の操作に帰着するからです。私が力を注がねばならなかったトルイジンやキシレンに関する研究の詳細については省きます。その膨大な過程について話しはじめたらそれこそきりがありませんし、大切な秘密を売り渡すことにもなりかねませんからね。しかし、手がかりとなる事実ならお話しすることができます。つまり、色を生み出す素《もと》となるもの、われわれがアニリンと呼ぶものは、水素と炭素の化合物なのです。それにつづく化学的な操作は、酸素と窒素を固定し、アニリンを典型とする人工アルカリを生成し、そこから派生物質を抽出することに尽きます。私もそれと同じことを試みました。あなたもご存じのように、葉緑素は非常に感度のすぐれた物質ですが、この事実は、驚くべき結果をいくつか引き起こします。たとえば私は、太陽光線が偏菱形《へんりょうけい》の開口部から差し込む場所にツタを置くことによって、葉を変形させることに成功しました。葉の形は容易に変えられるものではなく、通常は、シッソイド曲線をなす幾何学的な形状をしています。森のなかの匍匐《ほふく》性の植物が、枝葉のあいだから差し込むアラベスク模様の光線を忠実になぞるように成長していく様子を観察するのは、いともたやすいことです……。

話はここからがいよいよ肝心なところです。私が花に対して試みる暗示は、実際にやろうとするとかなり難しいものです。と言いますのも、植物の脳は地中に埋まっているからです。植物はいわば上下逆さまになった生き物です。だからこそ私は、根本的な要素として、環境がもたらす影響に着目したわけです。黒いスミレをつくりだすことによって、いまわしい雰囲気をかもしだすことに成功しました。それから私は、いまあなたがご覧になっているさまざまな植物をスミレの周囲に植えました。チョウセンアサガオ、ジャスミン、ベラドンナ[8]などです。こうして、私が育てたスミレは、化学的かつ生理学的な見地からみて、まがまがしい影響にさらされることになりました。事実、ソラニン[9]は、麻酔作用のある毒物です。同様に、ダツリンには、ヒヨスチアミンとアトロピンという、瞳孔を開く作用のある二種のアルカロイド、つまり、大視症《メガロプシア》[10]と称される視覚障害を引き起こす二種のアルカロイドが含まれています。したがって、睡眠と幻覚を引き起こす成分、要するに悪夢を生み出す二種類の成分が含まれていることになります。こうして、黒い色、睡眠、幻覚という特殊な効果に、恐怖が加わります。さらに私は、幻覚効果を強めるためにヒヨスも植えてみました。その激烈な毒性はまさにヒヨスチアミンに由来します」

「しかし、花には目がないわけですから、そんなことがいったい何の役に立つというのですか？」わたしは問いかけた。

「いいですか、見るのは目だけとはかぎらないのですよ」老人は答えた。「夢遊病者は手の指で、あるいは足の裏で見ます。忘れないでいただきたいのですが、ここで問題になっているのは暗示なのです」

わたしは反論するために口を開きかけたが、かくも奇妙な理論がはたしてどこへ行き着くのか、それを見届けたいばかりに口を閉ざした。

「ソラニンとダツリンは」老人はつづけた。「屍毒[11]や、ジャスミンとバラの香りを発するプトマインとルーコミンに非常によく似ています。ベラドンナとチョウセンアサガオがそれらの成分を与えてくれるとするならば、芳香はジャスミンとバラが与えてくれます。カンドル[12]の説にしたがって、タマネギをその近くに植えることで、ジャスミンとバラの香りをさらに強めることができます。いまやバラの栽培技術はかなり進化しています。接ぎ木によって数々の奇跡が可能になったのです。シェイクスピアの時代にイギリスで初めてバラが接ぎ木され……」

老人の話を聞きながら文学的好奇心をくすぐられたわたしは、大いに心を動かさ

---

8 ナス科の多年草。アトロピンなどのアルカロイドを含む毒性植物。
9 ナス科植物の芽に多く含まれるアルカロイド。多量に摂取すれば嘔吐・腹痛・頭痛などの中毒症状を起こす。
10 対象が実際よりも大きく見える視覚障害。
11 動物の死肉が細菌の作用などによって分解されるときに生じる有毒物の総称。
12 一七七八―一八四一。スイスの植物学者。

れた。

「失礼ですが」わたしは言った。「あなたのじつに若々しい記憶力にはまったく脱帽ですよ」

「花々への影響力を最大限に強めるべく」うっすら笑みを浮かべた庭師はつづけた。「屍毒を含む植物を麻酔成分に混ぜ合わせてみました。アルム属の植物とオルキス、それにスタペリアを混入したのです。それが発する匂いと色が、腐肉のそれを思い起こさせるからです。自然に由来する愛の刺激を過剰に与えられたスミレは——そもそも花は、生殖のための器官なのです——、死体そのものが発する匂いに混ぜ合わされた屍毒の臭気を吸い込みます。そして、麻酔成分がおよぼす睡眠作用の影響を受けるとともに、瞳孔の拡張を促す毒性成分による幻覚性大視症《メガロプシア》の兆候を示します。かくして、不吉な暗示が強烈な影響を及ぼしはじめるわけです。しかし私は、花の異常な感受性をさらに高めるべく、それらの効能を有する植物を近づけてみました。つまり、バレリアンとチドリソウを時おり花に近づけてみたのですが、これらの植物に含まれるシアン化物によって、花はきわめて強い刺激を受けるのです。バラに含まれるエチレンもこの過程に関与します。

こうしてついに実験の山場に差しかかります。しかしその前に、ひとつ聞いていただきたいことがあります。人間が発する〈ああ！〉という声は、じつは自然界の叫び声なのです」

この唐突な発言を耳にしたわたしは、庭師の狂気をいよいよ確信するにいたった。しかし彼は、それについてゆっくり考える時間を与えず先をつづけた。

「実のところ、〈ああ！〉というのは、すべての時代に共通する間投詞です。興味深いのは、動物の世界でも事情はまったく同じだということです。高等脊椎動物の犬はもちろん、ガの一種であるドクロメンガタスズメにいたるまで、〈ああ！〉というのは苦痛や恐怖の表出にほかなりません。まさにいま私が言及した奇妙な昆虫——ちなみにその名前は、胸部背面のドクロ模様に由来するのですが——は、〈ああ！〉という間投詞がごく一般的に認められる不吉な動物群を思い起こさせます。わざわざフクロウを持ち出すにもおよばないでしょう。しかし、密林の遊蕩児ともいうべきナマケモノに言及しないわけにはいきません。この動物は、みずからの頽廃の苦しみを、種に特有の〈ああ！〉という間投詞のなかに引きずっているようにみえます。ちなみに、ナマケモノの呼称のひとつはそれに由来するわけですが……。

さて、十年間も試行錯誤を繰り返してきたせいで多少やけになっていた私は、残酷な場面を花に見せつけることによって、さらに強烈な刺激を与えてみようとしたのですが、やはりうまくいきませんでした。ところがある日のこと……。もっとこっちへ近づいて、ご自分の目でご覧になって判断してください」

庭師の顔が黒い花に触れると、自分もそうしなければならないような気持ちになって、わたしも顔を近づけた。すると、驚くべきことに、かすかなうめき声が聞こえたような気がした。つぎの瞬間、それは確信に変わった。花はたしかにうめき声を漏らしていた。その黒い花冠からは、人間の子どもが発するのと同じ〈ああ！〉という小さな声が繰り返し聞こえてきたのである。暗示はまったく予想外の結果をもたらしたのであり、花々はその短い一生を通じて、もっぱら泣いてばかりいるのだ。

わたしの驚きはいよいよ頂点に達したが、そのときふと、ある恐ろしい考えがひらめいた。呪術にまつわる伝説によると、子どもの血を浴びたマンドラゴラ[13]もやはり泣き声を発することに思いいたったのである。疑念に駆られたわたしは、ひどく青ざめた顔で上体を起こした。

「まるでマンドラゴラみたいですね」わたしは言った。

「まるでマンドラゴラみたいです」庭師は、わたしよりも青ざめた顔で、わたしの言葉を繰り返した。

それからというもの、彼とは二度と顔を合わせていない。いまのわたしは、彼が正真正銘の悪漢、恐ろしい罪を犯そうと不吉な花々や毒を用いたいにしえの妖術師、それも非の打ちどころのない妖術師にちがいないと確信している。はたして彼は、いつの日か毒を発するスミレをつくりだすことに成功するのだろうか？　わたしは、あのいまわしい庭師の名前を表沙汰にすべきなのだろうか？

13　ナス科の植物。二股に分かれた根は人体に似て有毒。かつて催眠剤、媚薬、麻薬、下剤として用いられ、土中から引き抜かれるときに悲鳴を上げるという伝説があった。

ルイサ・フラスカティ

Luisa Frascati
1907

麗しきルイサ・フラスカティとの恋のはじまりは、ごくありきたりなものだった。わたしは、夜八時からの夜勤の電信技師長だったが、食後の腹ごなしに歩いて職場へ向かうことにしていた。その道すがら、背の低いふたつのバルコニーのある家が、歩道に面してたった一軒、ぽつんと建っていた。ほかはすべて別荘地の裏庭で、わたしは鉄格子に絡みついているスイカズラを通りすがりによく摘みとっていた。

ふたつのバルコニーのある家は、周囲から孤立するように建っていて、歩道は暗く静かだった。はじめて家の前を通り過ぎた晩、一方のバルコニーでは青白い肌の少女が涼んでいた。あまりにも青白いので、伏し目がちに歩くのを常としていたわたしも、まじまじとその姿を見つめずにはいられなかった。そして、その類まれな美しさに目を引かれた。その日は暑い夜で、夏の甘美な星々が夜空を青白く染めていた。スイカズラの香りは、当然のことながら、青白い肌の少女と分かちがたく結びついていた。わたしは詩的な気分に誘われ、胸が高鳴った。

それから三日、四日とつづけて、夜になるとその家の前を歩いた。彼女はいつもバルコニーにたたずんでいた。白い服を身にまとった彼女は、ロマンチックな物語の登場人物のように柔和な姿で、押し黙っていた。それがいくぶんわたしを困惑させた。

五日目の夜、探りを入れるように挨拶を送ると、彼女も同じように挨拶を返した。

それからしばらくのあいだ、わたしはただ彼女に挨拶するばかりだった。初恋の小心さが、その美しい声を耳にし、自分の声を相手に届けたいという燃えるような欲望と相まって、わたしにとりついていたのである。しかし、二週間が過ぎるころには、彼女の部屋の窓の下で愛を語るまでになっていた。

彼女はたったひとりで暮らしていて、ほかに年老いたスペイン人の女中がいるだけだった。角の雑貨屋の主人に少女の素性を訊ねてみたが、わたしよりも無知であるらしかった。おまけに無作法な笑みを浮かべたので、わたしは口を閉ざすことにした。女中をつかまえて問いただすなどという無遠慮なふるまいは、もとよりわたしの意図するところではなかった。

わたしは運命をありのままに享受し、あらんかぎりの情熱をもって彼女を愛することとで満足しようと心に決めた。あとは運命が決してくれるだろう。

わが愛する少女は神々しい声の持ち主だったが、その声はいつも弱々しくかすかに響くだけだった。明瞭な音の響きというよりはむしろ、音楽の芽生えのようなものだった。彼女との逢瀬を楽しみ、当然のことだが、愛の陶酔に浸りながら別れを告げるとき、彼女がそれまで言葉ではなく、ある種の旋律豊かな共感を通じてわたしと意思を通い合わせていたのではないかと思うこともしばしばだった。冷静さを取り戻している今日ですら、ルイサ・フラスカティの声、天使のようなあの声を本当に耳にしたことがあると断言できるだろうか？

たしかなのは、ある日の晩、彼女がわたしを広間に招き入れたということである。近所の噂の種にならないようにとの配慮からだったが、ひとつだけ気まぐれな条件を示した。

「わたしのいるところではけっして明かりをつけないと約束してください」

いささかの疑念をおぼえないこともなかったが、わたしは彼女の言うとおりにした。人に言えない欠点や醜さを隠そうとでもいうのだろうか？

愛情に満ちた彼女との親密な関係は、そうではないことを証明した。わたしの愛する彼女は、この世のものとも思われない神秘に包まれ、うっとりするほど美しかった。家に招かれた最初の晩、門を開けるように女中に言いつけるため彼女がバルコニーを後にしたときの、その奇妙に軽やかな足どりにわたしは目を引かれた。とても歩いているようにはみえなかった。しかし、喜びにわれを忘れていたわたしは、細かいことに拘泥する余裕がなかった。

彼女はこのうえなくすばらしい手をしていた。それまでついぞ目にしたことがないほどの美しさだった。ところが彼女は、わたしの手が少しでも彼女の手に触れるのを許そうとはしなかった。奇妙に思われるかもしれないが、四カ月ものあいだ、わたしたちは毎晩ふたりきりで、無上の清らかさに包まれたまま、愛について語り合ったのである。

ふたりでどんなことを語り合ったのか、それを言葉で言い表すことは可能だろうか？

話すのはもっぱら彼女のほうで、その旋律に富む神秘的な声は、純潔きわまりない恍惚、それでいて恐怖のように底の知れない恍惚にわたしを引きこんだ。お互いの孤独を包みこむ美のなかにあれほどの詩情を感じたのはあのときが最初で最後である。

半開きになったバルコニーの扉を通して、月の光が時おり広間に差し込んだ。わが愛する少女の美しさは、きたるべき運命のごとく悩ましいあの至高の瞳、接吻の予感に震える唇、蠱惑的《こわくてき》な宿命のごとく近づきがたいその手とともに、この世のものとも思われぬ青白さに包まれてしばしのあいだ輝いた。しかし、夜が白みはじめたことに気づいた彼女は、軽く身を震わせて立ち上がった。

「もうお帰りになって」少女は苦悩の色を浮かべながら言った。わたしはその言葉に従った。恍惚に浸っていたわたしにそれ以外のことができただろうか？

ああ、過ちを犯してしまったあの瞬間のなんといまいましいことよ！　道楽者のアルベルト・タランテが口にした不実な唆《そそのか》しのなんと憎らしいことよ！　彼に恋心を打ち明けてしまったわが虚栄心のなんと呪わしいことよ！

アルベルト・タランテは、四カ月の逢瀬を重ねながら彼女に接吻のひとつも与えられないわたしをあざ笑った。放蕩者のアルベルトに臆病者と思われたくなかったわたしは、みずから不幸を招き寄せてしまったのである。

あの日の夜のこと、わたしはルイサ・フラスカティに口づけしようとした。卑劣にも不意打ちを狙ったのである。ところが彼女は、一陣の風のようにさっと身をかわした。きっと叫び声を上げたかったにちがいないが、それはかなわなかった。わたしは扉の鍵を抜き去っていた。

そして、息せききっての見苦しい追跡劇が、暗闇に包まれた広間のなかで繰り広げられた。白い服を身にまとった彼女はまるで一塊の靄《もや》のよう、ふたりは部屋をひと回りし、ふた回りした。すると突然、家具が大きな音を立てて倒れ壊れた。

わたしは急に立ち止まった。そして、愛する少女の姿が、広間の正面の壁、二メートルほどの高さのところに、不動の姿勢を保ったまま、まるでぴったり張りついてしまったかのように浮かんでいるのを目にした。

そのとき女中が外側からドアを開け、手にしたランプをかざして飛びこんできた。

わたしの血は恐怖のあまり凍りついた。ルイサ・フラスカティは、あの特徴的なきらめき、まぎれもない美しい手、瞳、青白い肌もろとも、黄金色の額縁に入れられて高々と掲げられた油絵になっていたのだ。

どうやって彼女の家を後にしたのか覚えていないが、誰にも邪魔されなかったことだけはたしかだ。

それから一年後、わたしに不幸をもたらした張本人であるアルベルト・タランテが、競売に付される予定の美術品の内覧会にわたしを誘おうと、特別招待券を手にしてやってきた。

わたしは誘いに応じたが、それは思いがけない出来事を招いた。会場に足を踏み入れるのと同時にルイサ・フラスカティのあの肖像画に出くわしたときの驚きたるや、まさに言葉では言い表せないほどだった。長い顎ひげを生やした見知らぬ男が肖像画を眺めていた。

「なんて奇妙な絵なんだ」アルベルトが言った。「昨日はたしかに座っていて、緑色の服を着ていたはずなのに」

「まったくですね」顎ひげを生やした男が慇懃《いんぎん》な調子で応じた。

オメガ波

La fuerza Omega
1906

われわれ三人は友人だった。私はそのなかのひとりとはとくに親しく、互いに打ち明け話をする間柄だった。三人目の男は、内密にされていたにもかかわらずすでに人々の関心を集めていたある恐ろしいエネルギーの発見者だった。われわれの目の前にいるこの純朴な学者は、いかなる学士院や名声とも無縁だった。彼はこれまで貧困に身を任せながら、安物のインクやコーヒーミルから路面電車の集札機にいたるまで、取り立てて言うほどのこともない製品の開発に携わってきた。

彼はけっして、創意工夫に富んだ製品もいくらか含まれるそれら発明品の特許を取得しようとは考えず、二流の商人に二束三文で売り払ってしまうのだった。不愛想ともいえる謙遜のベールで覆い隠してはいたが、おそらく自らの天才的資質を予感していた彼は、ささやかな成功をもたらしてくれた発明品の数々を心の底から軽蔑していたのだろう。その話題について水を向けられると、冷淡なそぶりで苛立ちを示したり、苦々しい笑顔を浮かべたりするのだった。

「あんなものは食べていくための手段にすぎませんよ」彼はいともあっさりと言ってのけた。

私が彼と近づきになったのは、われわれの会話がたまたま神秘学の話題におよんだことがきっかけだった。そういう話題はとかく世間から憐れみに満ちた視線を向けられるものであり、その手の話題に興味をそそられる連中はややもすると自分の好みを押し隠し、同好の士とのみ語り合おうとする傾向がある。

われわれの場合がまさにそうだった。周囲の人間が何と言おうとまったくおかまいなしといった私の態度は、世間に対する侮蔑の念を内に秘めていた彼の気に入ったようだった。というのも、われわれはそれ以来、親密な間柄になったからだ。好みのテーマをめぐるふたりの会話は延々とつづいた。わが友は話をしながらインスピレーションを得ているようだった。もっとも、その熱い思いを支える静かな情熱は、目の輝きのなかに透けて見えるだけだった。

いまも私の脳裏には、部屋のなかをあちこち歩き回る彼の、いかめしいと言ってもいいほどの姿が、髭《ひげ》の生えていない青ざめた顔や異様な光を放つ茶褐色の目、農夫のようでもあり化学者のようでもあるまめのできた手などと一緒に思い浮かぶ。

「この地面すれすれのところを」彼は私にむかってよくこんなことを言った。「恐ろしいエネルギーが流動しているのですが、それが発見される日は近いはずです。エーテル[1]のなかを浮遊するこれらのエネルギーは、科学の土台をなす盤石きわまりないもろもろの概念に変更を迫ったばかりですが、神秘学の正当性を証明する一方で、ますます人間の知力に依存するようになっています」

「人間の知性と宇宙を統《す》べる原理の両者が同一のものであるということは」哲学的な思索をめぐらせながら、彼は折にふれ断言した。「日に日に明らかになっています。いつの日か、仲介となる機関や装置に頼ることなく、前者が後者を統御することになるでしょう。装置というものは実際のところ邪魔になるだけです。そもそも装置というものは、われわれ人間と相互補完的な関係によって結ばれた付加物にほかならず、装置を頭のなかに思い浮かべたり、あるいは実際に使ってみれば明らかなように、人間はそれを自らのうちに潜在的に抱えもっているのです。そう考えると、装置とはつまるところ、果物をはたき落とすための長い腕ともいうべき道具である杖にちょっと手を加えたものにすぎない、ということになります。すでに記憶というものが、根本となるふたつの概念を無用のものとしています。つまり、十年前に目にした場所、しかもはるか彼方の場所を瞬時に思い浮かべるとき、もっとも基本的なふたつの概念――すなわち、現実的な障害ともなりうる空間と時間――は、無用のものとして消え去るのです。こうした理論の格好の実例ともいうべき、テレパシーを介した〈同時存在〉については、あらためて言うまでもないでしょう。そうすると、人間の知性とさまざまなエネルギーのあいだに存在するあらゆる仲介物を排除すること、つまり、あらゆる物質を可能なかぎり取り除くことに人間の努力が傾注されねばならない、ということになります。これこそ、神秘哲学のもうひとつの公理にほかなりません。とはいえ、それを可能にするためには、人体の組織をある特殊な条件のもとに置く必要がありますし、知能を活性化させ、いま述べたようなエネルギーとじかに触れ合う状況に適応させなければいけません。これはもはや魔術の領分です。そして、それを単純明快に把握することができないのは、じつは近視眼の人間だけなのです。先ほどわ

1　宇宙に充満し、光や電磁波を媒介すると仮定された物質。相対性理論によって否定された。

れわれは記憶を話題にしましたが、計算もまたひとつの直接的な関係性を示す事例にほかなりません。宇宙のなかの一点を占める未知の天体の正確な位置が計算によって導き出されるのは、人間の思考を支配する法則と宇宙を統べるそれとのあいだに同一性が存在するからです。さらに、知的法則を介した物質的な事象の決定という問題があります。ある天体は特定の位置を占めていなければならない、なぜなら私の数学的な論理がそのように定めるからだ、というわけです。命令法にもとづくこのような法則は、ある種の創造行為に等しいといえましょう」

私は思うのだが——思いきって言わせてもらうと——、わが友は神秘学の理論に飽き足らず、食餌療法や厳しい節制を通して、ある種の修練をおのれに課していたにちがいない。しかしこの点について彼は何も話そうとはせず、私も遠慮して、あえて問いただそうとはしなかった。

以下に語る出来事の少し前に、ひとりの若い医師がわれわれの仲間に加わった。残すところ最終試験を受けるのみとなっていたが、哲学に没頭していたところを見ると、どうやら受験するつもりはないようだった。こうして彼もまた、驚くべき発見の物語を耳にすることとなったのである。

あれは、長い休暇が終わって、久方ぶりにわれわれが顔を合わせた日のことだった。彼は以前よりもいくぶん神経質になっていたが、その表情は、類まれな着想を手にした喜びに輝いていた。そして開口一番、哲学的な語らい——それが彼の言葉だった——にわれわれを誘《いざな》った。発見の成果を披露するつもりらしかった。どことなく錠前屋を思わせる、塩素の匂いがほのかに漂ういつもの実験室で、彼はさっそく話しはじめた。

外見に無頓着な彼は、いつものように明瞭な声で、あたかも精神医学の講義でも始めようとするかのように、テーブルの上に両手を伸ばすと、驚くべき事実を語りはじめた。

「私は音に備わる力学的なエネルギーを発見しました。あなたがたは……」自分の言葉が呼び起こす反応にさほど注意を払うことなく彼はつづけた。「あなたがたは、もちろんこの手の問題にはお詳しいでしょうし、それが超自然的な現象とは何の関係もないことを十分に理解されているはずです。たしかにこれは大きな発見ですが、ヘルツによる電磁波の発見や、レントゲンによるエックス線の発見を上回るほどのものではありません。私は、自分が新たに発見したエネルギーに名前を与えることにしました。振動を構成する複合体のうち、熱、光、電気に次ぐ最後の要素であることから、それをオメガ波と呼ぶことにしたのです」

「しかし、音というものはそれらとは別物ではないのですか?」若い医師が訊ねた。

「いいえ。電気と光が物質とみなされている現在、別物ということはないのです。熱に関する問題が依然として残されていますが、類推によってわれわれはただちに、その本質が何であるのかを推測することができます。私に言わせれば自明というほかないこの考えが公理として確立される日も近いはずです。すなわち、熱を加えられた物体が膨張するのは、言い換えれば、分子間の体積が増えるのは、そのなかに何かが入りこんだからであり、その何かとは熱にほかならない、という考えです。これがもし誤りであるというならば、自然の法則とわれわれの理性が忌み嫌うところの、あの真空という概念を持ち出さなくてはならなくなります。そして私の考えでは、音もやはり物質にほかならないのです。しかし、そのことを理解していただくためには、私が成し遂げた新発見をじかにご覧いただくのがいいでしょう。そもそも、音は物質にほかならないという私のこの考えは、めくるめく強烈な確信を与えてくれるものでありながら依然として漠然としたものだったのですが、鐘の調音を目にしたときにひらめいたのです。こんなひらめきはめったにないことです。言うまでもありませんが、鐘の音色をあらかじめ厳密に定めることは不可能です。鋳造の過程で音色が変化するからです。鋳造が終わると、ろくろを使って鐘の形を整えるのですが、それについてはふたつの法則があります。すなわち、音調を下げる場合は、〈湾曲線〉と呼ばれる中央部の線を切り詰め、音調を上げる場合は、〈足〉と呼ばれる縁の部分を切り詰める、というものです。ちょうどピアノの調律と同じように、調音は耳で確かめながら行ないます。音調を下げる場合は一音階まで下げることができますが、上げる場合は、半音階までしか上げることができません。〈足〉を切り詰めすぎると、音の響きが失われてしまうからです。

音の響きが失われたからといって、かならずしも鐘の振動が止まったわけではない、そう考えたとき、発明の土台ともいうべき考えがひらめいたのです。つまり、音を構成する振動は力学的なエネルギーへと変化するのであって、だからこそそれは音であることをやめるのです。もっとも、この事実が明らかになったのは、あなた方が避暑に行かれ、孤独な時間を過ごす私の集中力が大いに高められた長期休暇のあいだのことでした。

私は蓄音機のレコードの改良に取り組みましたが、その結果、はからずも問題の核心に導かれることになりました。私が意図していたのは、音叉《おんさ》のようなものをつくり、人間の声に含まれる倍音[2]を際立たせること、そして、それを直接的に感知することでした。それは現在のところピアノによってのみ可能なことで、しかもかなりの程度の不完全性をまぬかれません。そんなある日、たった二晩で理論の全体像をつかむことを可能にした決定的な出来事がもたらされたのです。

同一の音調を生み出すふたつの音叉のうちひとつが振動すると、もう一方の音叉もすぐに振動をはじめます。このことは、音の波動、つまり空気の振動が、金属に働きかける力をもっていることを示しています。金属の重量、密度、靭《じん》性と空気の重量、密度、靭性のあいだに存在する関係を考えれば、それは強大な力であるはずです。ところが音の波動は、人間がちょっと息を吹きかければ飛ばすことのできる一本の藁《わら》すら動かすことができません。反対に、人間が吹きかける息は、はっきりと感知されるようなかたちで金属を振動させることはできません。つまり音の波動は、人間の息よりも強力であると同時に非力でもあるのです。すべては状況次第というわけです。音叉の場合、状況とはすなわち分子間の関係のことです。というのも、ふたつの音叉が完全に同調していなければ、いま述べた現象はけっして起こらないからです。したがって、音に備わるエネルギーが分子間の現象にうまく働きかけるような状況をつくりだす必要がありました。

さしたる才能に恵まれていなくても、この〈音のエネルギー〉という概念を思いつくことは十分に可能です。たとえばパイプオルガンの五度管《ナザール》が生み出す非常に低い音のなかに空気の振動を感じたことは誰にだってあるはずです。知覚可能な音の下限は、三十二フィートのパイプが発する一秒あたり一六回の振動であるようです。それはもはやうなり声のようなものでしかありません。振動がそれを下回ると、単なる空気の流れ、細い繊維を動かすことはできても音叉に働きかけることのできない空気の流れになってしまいます。音楽的な風ともいうべきそうした低い振動数は、大聖堂のステンドグラスを震わせます。しかし、言葉の本来の意味での音を形成することはもはやなく、すぐ上のオクターブを補強するのに役立つだけです。

音は、高くなればなるほど風の性質から遠ざかり、波長は短くなります。しかし、

2　振動体の発する音のうち、基音の振動数の整数倍の振動数をもつ部分音。

波動を分子間のエネルギーとみなすならば、楽器が奏でるもっとも高い音のなかで波動はよりいっそう巨大なエネルギーを抱えこむことになります。ピアノの第七音階のドは、一秒あたり最大四二〇〇回の振動を生み出しますが、波長は三インチです。四七〇〇回の振動に達するフルートは、さらに巨大なエネルギーの波動を生み出します。波長は音の高さにしたがって変化するわけですが、四七〇〇回の振動をわずかでも超えると、もはや音楽の性質は失われてしまいます。デプレッツ[3]は、極小の音叉を弓でこする際に生み出される振動、すなわち第十音階のドに相当する三万二七七〇回の振動を感知することに成功しました。ところが私の場合、私が発明した音叉の発する四万五〇〇〇回の振動のなかにさえ音を感知することができるのです。もはやそこに音楽を認めることは不可能ですが」

「四万五〇〇〇回ですって！」私は思わず口走った。「それは驚異的なことです！」

「じきにお目にかけましょう」相手はつづけた。「いましばらくご辛抱ください」

彼は紅茶を勧めてくれたが、われわれは辞退した。彼はふたたび話しはじめた。

「そこまで行くと、音の振動はほとんど直線状となり、曲線的な形状を失います。そして、音が高くなるにつれ、むしろジグザグの形状を呈するようになります。調子外れの音を出すバイオリンを使った実験によってこのことが確かめられました。ここまでの話は、ありきたりの事実というわけではないにせよ、既知の範囲を越えるものではありません。

ところで、すでにお話ししたように、私は音を研究するにあたって、それをひとつのエネルギーとみなすことにしました。実験によって裏づけられた私の理論とはおよそ次のようなものです。

音は低くなればなるほど、物体におよぼすその影響力は表面的なものとなります。このことは、これまでの話を踏まえればいたって単純なことです。したがって、音の貫通力はその高さに左右されることになります。すでに述べたように、高音の波動は短くなるのが普通ですから、私が生み出した一秒あたり四万五〇〇〇回の振動からなる波動は、かすかに波打つ矢のようなものとなります。この波動は、いかに短いものであっても、分子の次元でいえばつねに大きな力を有するものです。私が作り出した

3　セザール・デプレッツ。一七九二―一八六三。音響学に関する研究で知られるフランス人物理学者。

音叉は、もうこれ以上は小さくできないというほどの大きさですから、ほかにうまい方法を見つける必要がありました。

　ほかにも解決しなければならない問題がありました。音波を形づくる曲線は、その伝播とも関係しているために、非常な速度で拡大します。それゆえ音波は無化され、ひとつのエネルギーとして成長することができなくなります。しかし、こうした不都合は言うにおよばず、波動そのものから生じる不都合もまた、伝播の速度を上げればおのずと解消されるはずです。伝播の速度いかんによって、波動はあらゆる曲線と同様、初期の段階で備えていた直線の形状を失うことがないのです。そして、ある科学的な法則が、そうしたもくろみを成功に導く一因となりました。
かの有名なフランスの数学者フーリエ[4]は、私が問題にしている単純波動にも適用可能な原理を打ち立てました。それは平たく言えばこういうことです。つまり、いかなる形の波動であれ、それは、異なる長さを有する一定数の単純波動から構成されうる、ということです。

　そうであるならば、第一の波動の速度は、任意の数の波動を加速度的に連続照射することによって、すべての波動の速度を足し合わせたものになるはずです。波動とその伝播の調和はうまい具合に破られ、したがって、音に備わる機械的なエネルギーが解放されることになるのです。私の発明した装置が、いま述べたことがすべて可能であることをあなた方の前で証明してくれるはずです。しかし、私の本当の狙いについてまだお話ししていませんでしたね。

私の考えによると、音は物質にほかなりません。極小の粒子となって解き放たれる物質、ちょうど芳香を帯びた粒子が匂いの感覚をもたらすように、活性化することによって音の感覚をもたらす物質です。この物質は、科学によって証明された波形の形状を帯びて解き放たれるのですが、私はこの形状に手を加え、われわれのよく知る空気の波動を生み出そうと考えました。ちょうど、水面下のウナギの波動が水面に忠実に再現されるようなものです。二重波動が物体と衝突するとき、空気の波動は物体の表面に跳ね返されます。一方、

4　ジョゼフ・フーリエ。一七六八―一八三〇。フランスの数学者・物理学者。フーリエ級数で知られる。

エーテルの波動は物体を貫通し、物体の振動を引き起こしますが、それ以上のことは起こりません。この場合、物体のエーテルは、そのなかに広がる波動のエーテルとの調和を保ちながら活性化するのです。以上が、振動の同調に関する説明、それも世界で最初に試みられた説明となります。

波動とその伝播の関係がいったん崩れると、音のエーテルは物体のなかに広がるのではなく、物体を完全に、あるいは一定の深さにいたるまで貫通します。こうしていよいよ、私が生み出した驚くべき現象についての話がはじまるのです。

あらゆる物体には、分子の引力によって構成された中心、つまり、物体の結合を支え、分子の総重量に相当する引力によって構成された中心が存在します。この中心が物体のどこにでも存在しうることは、あらためて説明するまでもないでしょう。ここで言う分子とは、宇宙空間における惑星群のようなものです。

この中心がほんの少しでも移動すると、物体の解体がただちに引き起こされることは明白です。しかし、分子の結合を破壊することによってそうした現象を引き起こすためには、莫大な力が必要とされることもまた事実です。現代の力学の知識によってはとても想像することのできない莫大な力ですが、私はそれをついに発見したのです。

ティンダル[5]は、わかりやすい例を引き合いに出しながら、子どもの手に握られた一塊の雪は、山を丸ごと粉々に打ち砕くだけの力を秘めている、と述べています。この力に勝るものが容易に見つかるとはとても思えません。ちなみに私は、一立方メートルの花崗《かこう》岩を粉々に砕くことができます」

彼はいともあっさりと、われわれが納得しようがしまいがおかまいなく、ごく当たり前の事実を述べるように平然と言ってのけた。われわれは、漠然とではあったが、驚くべき事実がやがて開示されることになるだろうと考え、次第にそわそわしはじめた。彼の権柄《けんぺい》ずくな物言いに慣れっこになっていたわれわれは、その言葉にただ黙って耳を傾けていた。とはいえ、われわれの視線は、謎に包まれた装置のありかを探し求めて、工房のなかを無遠慮にさまよった。堅牢このうえない回転軸を備えたはずみ車を除けば、見覚えのないものは何ひとつ見当たらなかった。

「われわれはようやく」われらが発見者はつづけた。「話の結末にたどり着いたようです。すでにお話ししたように、私は加速度的に照射することのできる音の波動を求

5　ジョン・ティンダル。一八二〇―九三。アイルランドの物理学者。

めていたのですが、ここでわざわざ詳細に立ち入るにはおよばない試行錯誤の末に、ようやくそれを見つけ出しました。

それはド、ファ、ソ、ドの音から構成されます。古い言い伝えによると、それらはオルフェウスの竪琴が奏でたもので、人間の声の神秘を象徴する吟唱法のなかでもっとも重要な音程を含むものです。これらの波動の比率を数字で表すと、1、4/3、3/2、2となります。そして、何もつけ加えられることなく、いかなる変形もほどこされていない自然のままの波動は、本源的なエネルギーでもあるのです。ご覧のとおり、現象を統べる論理と理論を統べるそれとのあいだには、相関的な関係が存在するわけです。

私はさっそく装置の製作にとりかかりました。もっとも、この形状にたどり着くまでには——彼はそう言いながら、ニッケル製の時計にそっくりな円形の装置をポケットから取り出した——、試行錯誤を繰り返さなければなりませんでした」

正直に告白すると、問題の装置を目にしたわれわれは、期待を裏切られたような気持ちだった。物体の大きさをめぐる固定観念がわれわれの判断基準の本質を形づくっているがゆえに、莫大なエネルギーについての話をさんざん聞かされてきたわれわれは、ごく自然の成り行きとして、つい大がかりな機械を想像してしまったのだ。ところが、われわれの目の前にある円形の装置は、一方の端にボタンが、その反対側に小さなノズル状の突起が取りつけられているだけの代物で、振動性のエーテルを生み出す機械にはとても見えなかった。

「最初に私は」当惑したわれわれを前にほほ笑みを浮かべた彼は、話をつづけた。「ケーニヒ[6]の考案したサイレンのような複雑な仕組みの装置を思い浮かべました。そして、それらの装置の欠点に関する自分なりの考えにしたがって単純化の工夫を凝らした末に、この形に行き着いたのです。しかし、これはあくまでも暫定的な解決法にすぎません。壊れやすい装置ですから、そうたびたび開けるわけにはいきませんが、あなた方にはぜひ見ていただかなければいけませんので……」彼はそう言うと蓋のねじをはずした。

容器を思わせる装置のなかには、毛のように微細な音叉が四つ内蔵されており、底

6 ルドルフ・ケーニヒ。一八三二―一九〇一。ドイツの音響物理学者。パリに住み、音叉を考案した。

に敷かれた木製の振動板の上に不規則な間隔で並んでいた。ボタンを操作することによって、きわめて細い弦が音叉をこすると同時に、ぴんと張られたりゆるんだりした。反対側に取りつけられたノズル状の突起は、いわば音を発するラッパだった。

「音叉と音叉のあいだの空間と、音叉をこする弦が有効に作動するための空間、これらを勘案したうえで、この最小限の大きさに落ち着きました。音叉が鳴ると、四重の波動がひとつに束ねられ、文字どおりエーテルの弾丸となってこのラッパから飛び出します。ボタンを押すたびに発射が繰り返され、波動が間断なく、ということはつまり、機関銃の弾丸よりもはるかに短い間隔で飛び出します。こうして、計り知れない力を秘めたエーテルの奔流が生み出されるのです。

　物体を構成する分子の中心に波動が命中すれば、当の物体は触知できないほどの細かい粒子となってばらばらに砕けます。中心に命中しない場合は、波動は目に見えない微細な穴を物体に穿《うが》ちます。波動が接線を描きながら物体に接触する場合については、あのはずみ車がどういう影響を被ることになるか、いまからご覧に入れましょう」

「はずみ車の重さはどれくらいですか?」私は口をはさんだ。

「三百キロです」

不信の入り混じった好奇のまなざしを向けるわれわれの前で、ボタンが乾いた小さな音を断続的に響かせた。しんと静まり返った部屋のなかで、虫の羽音のような甲高い響きがかすかに聞こえた。

大きなはずみ車が動き出すまでにそれほどの時間はかからなかった。ボタンを押す間隔が短くなるにつれ、家全体が嵐に襲われたみたいに揺れはじめた。頑丈なはずみ車はぼんやりした影のようになり、まるで空中に静止するハチドリの翼を見ているようだった。はずみ車が揺り動かす空気は、部屋のなかにつむじ風を巻き起こしたのである。

彼はすぐに実験を打ち切った。いかなるはずみ車といえども、あのような実験に長いあいだ耐えることはできなかっただろう。

呆然《ぼうぜん》と見入っていたわれわれは、感嘆と恐怖が相半ばする心境だったが、それはやがて途轍《とてつ》もない好奇心に変わった。

仲間の医師が同じ実験を繰り返そうとやってみたが、小さな装置をどれだけはずみ車に近づけてみても、何も起こらなかった。つづいて私も挑戦してみたが、結果は同じだった。

これはきっとわれらが友のいたずらにちがいない、そう思ったとき、彼は邪悪さの入り混じった真剣な面持ちでこう言った。

「じつはこれこそオメガ波の不思議なところなのです。私以外の誰ひとり、この装置を使いこなすことができないのです。その理由は私にもわかりません。ただ、射撃の腕前にも通じるある種の能力に関係しているのではないかと思います。目で見なくても、つまり、肉体的な知覚に頼らなくても、解体しようと思う物体の中心がどこにあるのか、私にはわかるのです。はずみ車に向けてエーテルを発射する場合も同じです。どうぞ好きなだけ試してみてください。そうすればいつかは……」

しかしいくらやってもだめだった。エーテルの波動はいたずらに拡散するばかりだった。ところが、装置の扱いに長《た》けた名人――彼のことをそう呼んでおこう――の手にかかると、あの奇跡がふたたび起こるのだった。

扉の開閉を妨げていた敷石がわれわれの見ている前で粉々になり、軽い震動を引き起こしながら微細な粉塵の塊と化した。鉄の破片も同じだった。ほかの音にかき消されてしまうほどのかすかな響き、あの甲高い響きを別にすれば、まったく音を立てるともなく、いとも簡単に物体が変容してしまうさまは、まさに魔術のなせるわざとしか言いようがなかった。

医師は興奮のあまり、この現象をテーマに論考を書いてみたいと口にした。

「それはやめてください」われらが友は言った。「評判になるのはご免です。もっとも、それを完全に防ぐことはできませんが。近所の連中がなにやら嗅《か》ぎつけたようなのです。それに、この装置が何かよからぬ事態を引き起こすかもしれないと考えると、やはり心配です……」

「まったくですね」私は言った。「武器と同じで、恐ろしい結果を招くことになるでしょう」

「動物を相手に試したことはないんですか？」医師が訊ねた。

「私は」われらが友は威厳をたたえた柔和な口調で答えた。「いかなる生き物に対しても残酷なまねをしようとは思いません」

この言葉を最後に、その日はお開きとなった。

それからの日々はまさに驚きの連続だった。とりわけ注目に値する出来事として記憶に残っているのは、コップの水の解体現象である。コップのなかの水は一瞬にして消え、部屋じゅうが水滴に覆われてしまったのだ。

「コップはそのままの状態で残ります」われらが碩学《せきがく》は講釈を加えた。「なぜなら、それは水と一体化することがないからです。水とガラスが完全に融合することはありません。コップが密閉されていたとしても、結果は同じでしょう。エーテルの粒子と化した液体は、ガラスに穿たれた孔《あな》を通して外に飛び出すのです」

このようにしてわれわれは、驚きにつぐ驚きを経験した。しかし、もはやそれ以上秘密にしておくことは不可能だった。この物語の締めくくりとなる悲しい出来事によって、いったいどれだけのものが失われてしまったのか、想像に余りある。

ある朝——不幸な出来事の詳細にかかずらっても無意味だろう——われわれは、椅子の背に頭をあずけて死んでいる友を発見した。

われわれがどれほど驚いたか容易に察しがつくだろう。友の前にはあの魔法の装置が置かれていた。工房を見渡しても、普段と変わったところは何も見受けられなかった。

われわれは、この不幸な出来事の原因に思い当たる節がないまま、驚きに目を見開いていた。するとそのとき、私の目は、死者の頭のすぐ後ろの壁がラード状の脂肪の膜に覆われているのを捉えた。

　私の傍らにいた医師もほとんど同時にそれに目を留めると、壁の上の物質を指でこすりはじめた。そして驚きの声を上げた。

「これは脳の成分だ！」

　解剖の結果、医師の言葉にまちがいのないことが証明され、魔法の装置の新たな驚異が明らかになった。憐れな友の頭蓋骨は空っぽで、脳の成分の痕跡すら認められなかったのである。エーテルの弾丸は、いったいどのような角度から、あるいはいかなる不注意によって発射されたのか、脳を解体し、原子レベルの爆発を引き起こしながら、頭蓋骨に穿たれた孔から一気に吹き飛ばしたのである。悲劇の痕跡をいささかも残さなかったあの大惨事は、じつに恐るべきものだったが、われわれがそれまで目にしてきた現象のなかでも、このうえなく見事としか言いようのないものだった。

　この物語を終えようとしているいま、私の仕事机の上には、すぐ手の届くところに、不気味な光沢を放つあの装置が置かれている。

　装置は完璧に作動する。しかし、あの恐るべきエーテル、ああ、いまわしい動かぬ証拠がこの手に握られているあの殺人的な奇跡のエーテルは、どれだけ試みても、いたずらに虚空に飲み込まれるばかりだ。ルッツ&シュルツ研究所で行なわれた実験でも、やはり同じ結果に終わった。

死の概念

La idea de la muerte
1907

友人のセバスティアン・コルディアルは彼の妻に死をもたらした張本人にちがいないという噂が奇妙なほどしつこくささやかれていた。

その噂は、相部屋だったラミレスと一緒にセバスティアンの家に逗留したことのある私に言わせれば、まことにばかげていた。われわれは、多少なりとも不安定な生活の足しになればと考えて、主人の遠回しな誘いを受けることにしたのである。宿代が安かったということもある。

たしかにコルディアル夫妻は、仲睦まじかったわけではないが、離婚にはほど遠い状況だった。夫の破産による困窮が原因でふたりの関係が冷え切ってしまったのだろう。

それだけのことである。噂など真に受けないことだ。

セバスティアンの妻は動脈瘤《りゅう》で命を落としたのだ。

憐れなセバスティアンは悲しみのあまり、あの不幸な日を境に病気になってしまった。そして、女中が家を出ていったので、私とラミレスが彼の世話をしなければならなくなった。

だが、それから何日も経たないうちに、一見些細なある出来事が、あの噂の種ともなった疑念を私の心に芽生えさせることになった。

夫妻には一匹の飼い犬がいた。恐ろしくものぐさで醜い犬だったが、子宝に恵まれなかった妻にかわいがられ、甘やかされていた。そして、いつも夫婦の寝室で眠っていた。どこにでもいるような黒い犬で、小型犬といってもよかった。ラミレスも私も、この犬に愛情らしきものを感じるようになっていた。

妻が死んでからというもの、犬は寝室に足を踏み入れようとしなくなった。日がな一日、家の奥で丸くなっているのである。セバスティアンやラミレス、それに私が近づくと、いつものように喜んでわれわれを迎え入れた。ぼんやりとした様子で立ち上がってそのまま主人の後についていくこともあった。ところがいつもきまって、寝室まであと数メートルのところまで来ると、回れ右をしてそのまま立ち去ってしまうのである。

病気のセバスティアンはやがて寝ついてしまった。病状は深刻だった。ラミレスと私は交替で看病にあたった。

そんなある日の午後、セバスティアンがベッドで何かの本を読んでいるあいだ、私は少しだけ開いたドア越しに中庭をぼんやり眺めていた。そして不意に、うつむきながら小走りに近づいてきた犬が、いつもの場所までやってくるのを目にした。犬はやはりそこに立ち止まると、頭をもたげて私のほうを見た。私は犬を呼んだ。犬はそれを無視して向こうへ行ってしまった。そのとき、病人の顔に不安の色が浮かんだような気がした。するとラミレスがやってきた。

セバスティアンの病状はいよいよ快復の見込みがなくなった。ある晩、医者が訪ねてきて、悲しい見立てを口にした。憐れな病人に何も期待することのできない相続人たち、親類と称する者たちが幾人かやってきた。そして十時に立ち去った。ラミレスと私は夜通し看病にあたった。

病人はすやすや眠っていた。すると、人気《ひとけ》のない、ありふれた殺風景な家を包みこむ暗黒の沈黙——夜、病人の枕元に座っていると、その存在がひしひしと伝わってくる暗黒の沈黙——のなかから、疑いようのない事実が不意にわれわれの目の前に浮かび上がってきた。

「ぼくは思うんだが……」ラミレスは落ち着き払った声でそう言うと、片手で半円を描きながら虚空を指し示すような仕草をした。

「やめてくれないか！」私は、悲しみよりもなおいまわしい無関心をもって答えた。

それから数分のあいだ、セバスティアンの弱々しい息づかいが聞こえていた。アヘンチンキの匂いが漂っている。

しばらくするとラミレスが言った。

「君は気づいただろう……？」

「……犬のことかい？」なぜだかよくわからないまま、私は締めくくりをつけるように言った。われわれの顔は恐ろしく青ざめた。

そしてふたたび黙り込み、セバスティアンの寝息に耳を傾けた。

「君にこんなことは言いたくなかったんだが……」ラミレスがささやくように言った。

「単なる中傷だよ！」私は言った。

相手の言葉に覆いかぶせるように発せられたその言葉にぎょっとしたわれわれは、

互いの顔を横目でうかがった。

われわれは、ある確信を胸に秘めたまま次第に凍りついていった。どこにも存在しない、過ぎ去った何かのように、部屋が膨らんでいくようだった。十一時四十五分、突然の失神に見舞われたかのごとく、われわれの血が凍りついた。そして、恐怖のあまりおどおどした視線を交わした。

セバスティアンは相変わらずベッドの上でじっとしている。しかしその寝息はもう聞こえない。

そのとき犬が、何事もなかったかのように扉を通り抜けて寝室に入ってくると、いつものように頭を低くしたまま部屋を横切った。

ヌラルカマル

Nuralkámar
1936

いにしえの金細工、というよりも考古学的な価値を有するといっても差し支えない金細工の展示会が、G＊＊z画廊——それらのコレクションは、法の定めるところにしたがって競売に付されることになるが、公正さを欠いた宣伝行為とみなされることのないように、ここでは略称を用いることにする——の第二ホール上階サロンに参集した目利きたちの注目を集めている。この種の催しに事欠かない当地のような都市では日常茶飯に属するこの展示会を通して私は、ある物語を知ることとなった。そして、たいへん興味深いことに、それは真実が明らかになるときの、ごく自然な成り行きというかたちをとって私の知るところとなった。したがってここでもやはり、そのような方法で語るのがいいだろう。

ある日のこと、くだんの金細工品の出展者であるアルベルティという人物が、到着早々、ストラスブール美術館の館長を務めるM・ラハシュ氏の紹介状を携えて私のところにやってきた。紹介状によると、シリアの国境線をなすワジ・ハウラーン[1]沿いでかつてフランス軍の隊長を務めていたアルベルティ氏は、稀有な価値を有する金細工品のコレクションを所有しており、したがって氏のもくろみを実現するにあたり、研究者である私がもろもろの便宜をはかるに値する人物である、それらの金細工品の出所を知れば、どれほどの価値を有するものかおのずから明らかになるだろう、とのことだった。

ところが、いまやその名があまねく知られているラプラタ博物館にコレクションの購入を持ちかけるという氏のもくろみは、博物館がちょうど長期休暇のため休館することもあって頓挫してしまった。ブエノスアイレスにある国立美術館やブエノスアイレス大学文学部付属民族学博物館もやはり同じであった。のちに明らかになるように、資金不足に悩まされていた氏は、国家のために一肌脱ごうという愛国精神あふれる裕

1　ワジというのは、降雨時や雨季にのみ水の流れる谷のことで、涸谷《かれだに》を意味するアラビア語。ワジ・ハウラーンはその中でも最大のもの。

福な知識人でも現れないかぎり投げ売り同然になる危険を覚悟のうえで、展示会を催すしかないという状況に追い込まれたのである……。

八十二を数える展示品は、そのほとんどが金の薄片、とはいえ、れっきとした純金製の薄片からなり、その独創性や芸術的価値、さらには――ごく簡単に言って――驚くべき出所などに鑑みれば、とりわけ全体として大きな価値を有するものであり、そこに宝石が含まれていないからといって価値が下がるものではなかった。それらの品々は、いわば展示室の賃料と、必要に応じて納めることになる若干の前払い金のために抵当に取られたかたちとなり、私は、氏がそれらの所有権を放棄したという事実――これから物語る出来事にまちがいなく決定的な影響を及ぼすことになる事実――によって、秘密の厳守という責務から解放されることになった。氏にとってはなんら不名誉とならない秘密であり、口外しないように本人から要請されたこともない秘密だ。こうした前置きがなぜ必要なのか、読者諸賢にはいずれわかっていただけると思う。

アルベルティ氏に種々の便宜をはかったことから、そして、東洋式に言うところの〈しかるべき敬意〉ゆえに、〈しかるべき敬意〉、アラビア研究に傾倒している私への彼はその物語を私に話して聞かせるのが適当だと判断した。正確を期すために、以下、当人の口を借りて物語を再現してみよう——。

——わたしは、近東諸国を舞台にした戦闘への参加を志願したフランス軍の士官ですが、もともとはアラブの民族、正確に言えばベドウィン族の出身です。アルベルティという名前は、そのほうが好都合だからという理由で祖先のひとりが採用したものです。この人物は十八世紀の半ばごろ、カルメル山の麓、ハイファの町に駐在するジェノバ領事の通訳を務めていました。われわれはヨーロッパ文化に触れることになり、かく言うわたしも、シオンの王たちの時代から一帯の主要都市として知られていたサン・ジャン・ダクル[2]のフランス人学校で初等教育を受けました。とはいえ、イスラムの信仰を捨てたことはありませんでした。信仰といっても、アラーの神と預言者ムハンマドに忠誠を誓う程度の、ベドウィン族ならではのお粗末な信仰でしたが。こうした忠誠心はもとより、時や場所、身分がいかに離れていようとも、砂漠の民

2 ヘブライ語で「アッコ」と呼ばれ、イスラエルの北端に近い地中海に臨む港湾都市。

がみずからの部族に対して守り抜く不動の掟が考慮されたのでしょう、わたしは、現地の諸部族との連絡を担う士官に任命されました。わたしがベドウィン族との関係をじきに取り戻したことも評価されたようです。そして、荷物の運搬に用いるラクダや馬の調達を任されるようになりました。それらは選《え》り抜きの馬でなければいけません。つまり、何よりもまず砂漠の気候に順応した馬でなければならないのです。アラビアの砂漠、とりわけ軍事作戦がもっとも頻繁に展開される北部や紅海周辺の砂漠の環境を考えればそれも当然と言えましょう。土着の動物だけが砂漠の環境に耐えることができるのですが、それですら特別な世話を必要とします。隊商《キャラバン》に連なる騾馬《らば》を奮い立たせるために時折アヘンの錠剤を与えたり、砂地を歩かせるために継ぎ目のない蹄鉄を用いたりすることを思い起こせば十分でしょう。

わたしが加わったイギリスの家畜買付部隊は、名の知られたそれらの馬を入手するために惜しみなく大金を費やしていました。それぞれの部族で馬が飼育されていたのですが、彼らは昔から、種馬の出自を証明する文書によって、馬の血統やブランドを守り抜いてきたのです。物惜しみしない将校団の気まぐれや戦闘による激しい消耗のために牧草が不足し、もともと少なかった周辺地域の動物の数はすぐに底をついてしまいました。そのためにわたしは、最大の規模を誇る南部のルブアルハーリー砂漠[3]の端に位置するネシュドまで足を延ばさなければならなくなりました。わたしが初めて自分の出身部族であるシャマーの民[4]と接したのは、その町を訪ねたときでした。彼らはオアシスでエル・マタシャヤと呼ばれる高名な馬、濃い栗毛の馬を飼育しています。左側の尻にX字形の焼印のある馬です。

こうした細部にわざわざ立ち入るのも、ワスムと呼ばれる焼印が太古からその地に受け継がれていることを、いずれおわかりいただけるでしょうが、ぜひ指摘しておかなくてはならないからです。部族の真の紋章ともいうべきワスムは、女たちがこしらえる織物や陶器の装飾にも用いられます。とりわけエジプトには、ワスムの刺青《いれずみ》を入れている者さえいますが、そうすることによっていわば紋章のもつ重要性を示そうとしているのです。鉄の焼き鏝《ごて》でワスムの烙印を押された動物のやけどは、凝固した牛乳で洗浄されます。白く変色した毛が、遠くから見ても、暗色の毛に覆われた尻から

3　アラビア半島南部に長く延びる砂漠。
4　ベドウィンで二番目に大きな部族。おもにサウジアラビア、イラク中西部に居住。

浮かび上がって見えるようにするためです。シャマーの民についていえば、さらにこういうことがあります。われわれは、生まれながらにしてワスムを刻印されているのです——彼はそう言うと片手を差し出した——。左手の人差し指の付け根のところです。

シャマーの民に言わせるとイスラムの信仰よりも古いこうした風習がいまも残っているのは、彼ら遊牧民たちが享受している自由、同じく彼らに言わせると、預言者のひとりであるソロモンの時代から無傷のまま保たれている自由のおかげなのです。こうした理由から、容易に人を寄せつけないあの砂漠に暮らす彼らは、世界で唯一の純潔の民とみなされています。事実そのとおりなのでしょう。

しかし、これらの風習よりもさらに奇妙なことがあります。そのうちのふたつを挙げてみましょう。まず、女性がベールで顔を隠さず、戦闘で命を落とした仲間の死を嘆き悲しむことがない、ということがあります。これらはいずれも、ムハンマドが死罪をもってしても取り除くことのできなかった、いわば迷信のようなものです。さらに、これもわたしの部族の話なのですが、三千年ごとの生まれ変わりが信じられています。これは、要するに正真正銘の象形文字であるワスムへの愛着と同じく、エジプトに起源を有するものにちがいなく、奇妙な信仰を生み出す母胎ともなっています。すなわち、一歳を迎えた子どもが示す好みによって、その子の前世を推し量ることができるという信仰です。わたしの場合、これはよく考えてみれば当たり前のことなのですが、一歳を迎えたとき、母が身につけていた耳飾りに愛着を示したそうです。これは前世においてわたしが貴金属商だったことを示している、というわけです。ご覧のとおり、わたしがそうなることは運命の導きによってあらかじめ決められていたのです――。

彼は無作法にも冗談を口にしていたのだろうか？　しかし、最後の言葉に込められた重々しい響きをやわらげるかすかな笑みからは、なんら皮肉な調子は読みとれなかった。それに、彼はひとつの伝説を語っているにすぎないのだ。それが興味深い話だったので、私はそのまま耳を傾けることにした――。

――数ある部族のなかで、わたしの属する部族には、預言者の出現よりも前の時代、つまり、誰もが守護星を手にしていた時代と同じように、占星術師がいます。占星術師こそ、生ける書物ともいうべき伝統の保持者なのです。遠征の際には、進むべき方向や未来の出来事を予見したり、星占いをしたり、何らかの決断を下す手助けをしたり、おのおのにふさわしい名前を与えたりしますし、さまざまな秘法を心得てもいます。ある種の磁気作用の働きによって呼吸や栄養の摂取といった生理機能を停止することはもちろん、蛍が発する光を濾過して麝香《じゃこう》を含む成分を抽出することもできます。それを足に塗りつけて夜道を歩けば、闇のなかで道に迷うことはありませんし、毒蛇を遠ざけることだってできます。

わたしにしたところで、この目ではっきり見たのでなければ、こんな話をわざわざあなたに聞いていただくこともなかったでしょう。しかも、なんであれ不可思議なことに心を動かされる若い時分の話ではなく、すでに四十の坂に差しかかっていた三年ほど前の出来事なのです。わたしは西欧の実証主義に染まっていましたし、おまけにこの話は、世界的な反響を引き起こしたある出来事にもかかわっているのです。

それは、南部に広がる砂漠の中央に埋もれた太古の町にかかわる出来事です。人間の足ではたどり着くことのできないその廃墟を、その年の初め、フランス軍のふたりのパイロットが空から見つけたのです。あなたもご記憶でしょうが、報道によると彼らは、あのシバの国、ソロモンに愛された〈黒いけれども美しい〉女[5]がいまをさかのぼること三十世紀も前に治めたシバの国ではないかと思ったそうです。

さて、オブザーバーとして偵察に加わっていたわたしは、飛行隊の案内役を務めました。飛行機は、いまだ知られざる大理石の町の廃墟の上を飛行するだけで、ラクダでさえ膝まで埋もれてしまうほどの細かな砂が一面に広がる大地に降り立つことはとうてい不可能でした。こんなことが言えるのも……（彼は何かに怯えるように口ごもった）、わたしは実際にそこへ足を踏み入れたことがあるからなのです――。

彼は、私が示した驚きを軽く制するような仕草を見せた。

――ここでぜひお話ししておきたいのですが――彼は相変わらず同じ調子でつづけた――わたしが入隊した一九一七年に部族間の抗争が起きました。そのときわたしは、わが部族に属する占星術師の命を救いました。彼は、スペイン語でヘ、ケと書き表す

5 旧約聖書中の「雅歌」の一節。

シェイフ[6]、つまり族長で、モアズ・ベン・カアブという名の人物でした。砂漠の掟によると、人さまから受けた恩には、それと同等の行為をすることによって初めて報いることができるとされています。

　ところがわたしの場合、死の危険はまったく別のところからやってきました。平時の任務を帯びて十五年ぶりにそこへ戻ったとき、死の危険がわたしの身に降りかかったのです。つまりわたしは、ヌラルカマルと出会ってしまったのです。

　ヌラルカマルは、威風堂々たる部族の長《アミール》、サレフ・ベン・タルハの一人娘で、アラビア語で〈月光〉を意味するその輝かしい名前は、族長《シェイフ》のモアズが占星術から導き出したものでした。彼女のなかに厳かな美の予兆を見出したのです。

　その類まれな美しさは、星のお告げを裏切ることがありませんでした。彼女は、その昔、えもいわれぬ夜にスルタンを魅了した伝説の美女たちと同じく、砂漠が産み落とした女でした。その甘美な柔肌《やわはだ》はナツメヤシのような褐色の黄金に包まれ、細身の鷹を思わせる冷たさのなかには、まるで凛とした旗弁《きべん》[7]が秘められているかのよう、夜明けのほのかな香りのなかでバラのような頬が洗われるのでした。そして、あの日、ああ、死にいたる美しさをたたえた宿命的な目、星々を生み出す夕まぐれの詩を思い起こさせるアラビアの目。セラフィム[8]の翼に撫でられた額には霊魂の光が宿り、リュートの奏でる苦悶に満ちた調べには調和の恵みが秘められ、そよ風がくしげずる恩寵が棕《しゅ》櫚《ろ》の葉のごとき頭髪を包みこんでいます……。

彼女はわたしの愛に応えてくれましたが、父親の長《アミール》は、わたしの受けた教育や異国との関係ゆえに不信感を抱いていました。それは、わたしのことを本名ではなく〈貴金属商〉と呼びたがる皮肉な一面からも明らかでした。われわれのあいだでは、職人は賤しい身分とされていたのです。彼はわたしに明確な答えを与えようとはしませんでした。拒絶の言葉をはっきり口にすることなく、わたしの任務が終わるのをじっと待っていることは明らかでした。

わたしは苦しみのあまり病気になってしまいました。何度も経験したことのある人なら一も二もなく同意してくれるでしょうが、それは死にも等しいものです。愛に身

6　長老や族長、首長を意味するアラビア語。シャイフとも言う。
7　蝶形《ちょうけい》花《か》で、上方にある一枚の花びら。旗を立てたような形が特徴的。
8　熾《し》天使のこと。

を滅ぼすアラブ男というのは、ロマンチックな物語にかぎった話ではないのです。ところがそのとき、占星術師にして族長《シェイフ》のモアズが救いの手を差し伸べてくれました。由緒ある家柄のみならず、軍人という高貴な身分ゆえにわたしをないがしろにする答えをなかなか口にすることができなかった長《アミール》は、こういう場合の常として、法外な財産を要求するという手段に訴えました。家畜やさまざまな贈り物を合わせて、わたしの財力を五百ポンド近くも上回る持参の品々を要求したのです。運命はこうして、ヌラルカマルをあきらめること、その場を立ち去ること、そして死ぬことという、不幸を意味する三つの宣告をわたしに下したのです。

わたしは、以前から数えきれないほどの打ち明け話を聞いてもらっていた族長《シェイフ》のモアズに会って事情を説明し、それまでの思いやりに満ちた友情について感謝の言葉を口にしました。

「神のお恵みがありますように」わたしは言いました。「君はこれまでできるかぎりのことをしてくれたね」

「なにか思い違いをしているようだね」彼はきっぱりと言いました。「長《アミール》の要求に応えるすべを教えてあげよう。お前にはさっそく、是が非でもわたしと一緒に危険な旅に出てもらわなければいけない。金銀財宝を手に入れるためには、しかるべき犠牲を払う必要があるのだからね」

こうしてわたしは、死せる町について知ることになりました。彼の言によると、シバという不正確な名前が書物に記されているその町の本当の名は、アラビア語で〈曙光〉を意味するサバーフです。また、かつてその町が栄えた王国はサバーフ・ラム、つまり〈曙光の輝き〉と呼ばれ、のちに〈シュラムの女の故郷〉[9]にちなんで、シュラムと改名されたそうです。

われわれは、人間の足が踏み入れることのできない砂地を避けて、何と言えばいいでしょうか、ある種の奇妙な心理状態に置かれたまま、オアシスの井戸につながる地下水路、月が欠けるのと同時に水位が下がるため通行可能となる地下水路をたどっていきました。水路は息苦しいほどの影に包まれ、こうした場合に備えて燐光を放つ脂《あぶら》を塗りつけておいたわれわれの裸体が周囲をかすかに照らすばかりでした。ねばつくような水たまりや鋭利な岩肌が見えてきます。アヘンの錠剤を二つか三つ口に入れる

9　ここでは、イスラエルの王ダヴィデを世話するために連れてこられた美少女アビシャグのこと。

ことでようやくやわらげられる息苦しさや疲労は、まさに想像を絶するものでした。

廃墟が立ち並ぶ地上へようやく顔を出したとき、われわれはまさに亡霊のようなありさまでした。覚醒というよりはむしろ夢のような譫妄《せんもう》状態のなかでわたしが目にしたものといえば、混沌とした石の塊や崩れかけたブロンズの扉、そして見事な宝物の数々でした。とてつもなく大きな櫃《ひつ》のほかに、斑岩《はんがん》でできた巨大な壺がありましたが、そのうちの二つにはふたがありませんでした。一方の壺には、これからあなたにご覧いただく金細工品が、もうひとつの壺には真珠が詰めこまれていました。

一分の遅れといえども命取りになりますから、わたしは急いで、いま手元に残っているだけの宝物を懐に収めて帰路につきました。途中で何度か気を失いました。どうやってオアシスまで帰り着いたのかよく覚えていませんが、わたしはそこで四十日ものあいだ生死の境をさまよいました。わたしの命を救うべくモアズがふたたび手を尽くしてくれました。わたしは、病が癒えるや、驚嘆すべき財宝の数々をできるだけ早く売りさばくためにヨーロッパへ戻ったのです。

ヌラルカマルへの惜別のつもりでわたしが詠んだ詩《カシーダ》[10]が部族の評判となったおかげで、長《アミール》は三年の猶予をわたしに与えました。ベドウィンの民は詩、それも戦《いくさ》や愛をうたった詩を何よりも重んじるのです。三年の猶予があれば十分すぎるくらいだとわたしは思いました。ところが、深刻さを増してゆくヨーロッパの危機的な状況や煩瑣《はんさ》な官僚的手続き、そして、前代未聞の財宝の数々に刺激された目利きたちの猜疑心に阻まれて、わたしの努力はなかなか実を結びませんでした。ルーブル美術館やバチカン美術館、スミソニアン博物館の関係者たちは、こちらがどれほど妥当と思われる取引を持ちかけてもいっこうに応じてくれません。最後は大英博物館と金額の折り合いがつきましたが、せめて死せる町の写真を二枚、証拠の品として提出してほしいと言われました。

ワジ・ハウラーンに戻ったわたしは、現地の駐屯軍に上空からの偵察を進言しました。オアシスや隊商《キャラバン》でさまざまな情報を収集したという手柄をでっちあげて説得に努めたのです。

そしてついに、胸の高鳴りを覚えながら、わが愛する廃墟の町を遠望する日がやってきました。あの奇跡の町の上空を飛ぶことができたのです。しかしそれで終わりで

10　アラビア起源の詩形。

した。いったいいかなる理由によるものか、二機の飛行機に積み込んだ写真機の感光板はいずれもベールで覆われたように曇ってしまったのです……。

その後わたしは、ここに暮らすシリア人から、おそらく世界で最後の富貴の街ブエノスアイレスへ来るように誘われました。そしていま、金細工品を手にあなたにお目にかかっているわけです。ヌラルカマルに贈った腕輪を除けば、すべてがここにそろっています。彼女に贈った腕輪とそっくりの腕輪がありますから、展示のときにご覧に入れましょう。

ヌラルカマルは、贈り物の腕輪にかけて、そして、コーランに登場する二十五人の預言者のひとりである賢王[11]の名にかけて、わが庇護者たる族長《シェイフ》モアズの面前で、永遠の愛をわたしに誓いました。モアズは出立を控えたわたしに言いました。

「恐れることは何もない。お前が世界を旅するあいだ長《アミール》が息を引き取ったり、お前の不在がもたらすかもしれぬ不幸に屈するようなことがあれば、愛の力によって護符に変じたこの腕輪を通じてお前たちに知らせてやろう。お前たちふたりは、双子宮《ボルフ・アル・ガウザ》のもとで結ばれる運命にあるのだ」

わたしがどれほどの不安を感じているか、約束の期日まであと半年を残すばかりとなったいま、その不安がいかに大きなものか、あなたにはきっとわかっていただけるはずです。あなたへの感謝の念は……。

「それで、あなたが詠んだ詩《カシーダ》というのは?」私は、詩を生業《なりわい》とする人間の好奇心に促され、時ならぬ質問を発した。彼の詩人としての才能を私に確信させたあのヌラルカマルをめぐる描写を耳にしてからというもの、好奇心はいよいよ抑えがたいものになっていたのである。

アルベルティ氏は柔和で物憂げな笑みを浮かべた。

「では聞いていただきましょう。あなたのお国の美しいことばに移し替えていただくに値するものでしょうし、それはわたしにとってたいへん名誉なことです」

以下に掲げるのは、アラビア語の単一脚韻詩のリズムを可能なかぎり忠実に再現するために、あえてロマンセ形式[12]に改めたものである。

11 旧約聖書にも登場するソロモンのこと。

12 スペイン起源の口承による伝統的な詩句。

ヌラルカマル　ヌラルカマル
輝きの淑女たる君よ
引き較べるのもたやすいが
月光よりも妙《たえ》なる君
なぜなら　君の美しき顔《かんばせ》は
衰えというものを知らぬから
どうかその至上の美のなかで
アラーの誉れとならんことを
揺るぎなき完璧さのなかで
わが忠誠の太陽とならんことを

ヌラルカマル　ヌラルカマル
天上の光明にとって
君が永久《とこしえ》の美に輝くことほど

すばらしき運命というものがあろうか
海のセイレン[13]が
光のなかで君に真珠をまとわせ
露が宝石を
磁石が甘美なる神秘を
ダマスカスとバグダッドの
花園がジャスミンを
君にまとわさんことを

わが服従と熱望に値する
優美を身にまとい
ヌラルカマル　ヌラルカマル
輝きの淑女よ

13　ギリシア神話中の半人半鳥の魔女で、美声で知られる。

わが情熱は影となり
君の足に接吻を注ぎ
絹の靴を履かせ
足環をつけることだろう
ねんごろで優しく寡黙にして
ほのか従順にして宿命的な影となって

言うまでもないことだが、数々の金細工品のなかであの腕輪ほど私の目を引きつけたものはない。腕輪は、独創的な技巧を凝らして彫金された蔦《つた》の三つ葉をかたどっていた。〈忠誠の蔦〉と呼ばれるそれは、ヌラルカマルの愛の誓いを証するものだった。

「もう一方の腕輪は」氏は言った。「彫金の具合がいささか異なるだけです。交差したふたつの三角形、いわゆるソロモンの封印と呼ばれるものが内側に刻まれています」

細心の注意を払って腕輪をためつすがめつしていた私は、葉と葉のあいだに思いがけないものを発見した。

「こいつはおもしろい！」私は思わず口走った。「金の表面に指紋の痕が残っている！」

「それと同じような指紋はほかの金細工品にも見られます。いずれも当時の鋳造法によるものです。まずはじめに、耐火粘土でつくられた堅牢な鋳型を、溶けた蠟のなかに沈めます。蠟が冷えて固まるときに、鋳型は不均一な厚さの層に覆われます。その上に粘土を重ね合わせ、ところどころに穴を開けます。粘土が乾いてから熱を加えると、蠟がふたたび溶け出し、穴を通って流れ出します。そうしてできた隙間に金を流し込むわけですが、作業の途中で蠟に刻まれた指紋は、その上に重ねられた粘土の層に、そしてさらに金の表面に刻印されます。それが例外なく親指の指紋であることを考えると、完成品にお墨付きを与える印章、要するに品質を保証するための印のようなものだと思います。周知のように、たとえば中国には、大昔からそうした方法で文書に署名する習わしがあります。指紋が刻まれているからといって、わたしの所有する金細工品の価値が下がるということはありません」

そのとき私の念頭に、この物語の成り行きを決定づけたある考えがひらめいた。

「じつは」私は話を引き取った。「わが国の警察は、謙虚でありながらも才知に恵まれたファン・ブセティッチ氏[14]の創意工夫のおかげで、世界に冠たる指紋照合システムを備えています。照合作業の前提となっているのは、同一の指紋が繰り返し現れることはけっしてないという事実です。この驚くべき事実は容易に確かめられるものです。もっとも……」私は冗談めかして言った。「指紋のレパートリーが、人間の生まれ変わりのサイクルに準じて百世代ごとに繰り返されることがなければ、ということですが……」

われわれが試みた照合作業の結果をすでに読者諸賢が予見されているかどうか、私にはわからない。しかし、それを単に言葉で書き表すのと、疑いようのない事実をいきなり突きつけられるのとでは、まさに雲泥の差がある。われわれは言葉を失い、茫然自失に陥ってしまったのだ。

というのも、金細工に刻まれた指紋は、私の目の前の男のそれと完全に一致したからである。

夜になり、門を閉ざしたばかりのギャラリーはいつものように薄暗い照明の光に包まれ、陳列ケースの脇に立ったわれわれは、この前代未聞の出来事について語り合っていた。われわれの死角になっている階段の下では、門番があちこち動き回り、扉がなかば閉ざされた玄関ホールの後片づけに忙しかった。

われわれはふたりとも黙りこんだまま、心ここにあらずといった風情で、恐怖感の入り混じった物思いにふけっていたが、薄闇のなかで突然ガラスがひび割れる音を、かすかではあるがはっきりと耳にした。

音はわれわれの背後、部屋の中央に置かれたガラスケース、腕輪が陳列されたガラスケースから聞こえてきた。凍りつくような悪寒に総毛立ったわれわれは、急いでガラスケースに走り寄った。

いったいどうやって紛れこんだのか、割れたガラスの下で、もう一方の腕輪がかすかに揺れている。

私はアルベルティ氏から鍵を奪い取ったが、指先が震えてうまく鍵穴に差しこむことができなかった。そして、いざ金の腕輪を手に取ってみると、激しい震えに襲われて気が遠くなってしまった。驚くべきことに、その腕輪はまだほんのりと温かかった

14 一八五八―一九二五。ダルマチア地方に生まれ、二十六歳のときにアルゼンチンに移住。

のだ。ついいましがたまで愛する乙女の腕に巻きついていたかのように。

「サンチェス！」私は階段の踊り場の手すりに躍りかかりながら叫んだ。「いまそこから誰か出ていかなかったか？」

門番は悠然と私を見上げ、箒《ほうき》に寄りかかりながら答えた。

「ええ」間延びした答えが返ってきた。「緑色の服を着た若い女が通り過ぎていきましたよ。黒いけれどもとても美しい女のようでした」

アルベルティ氏が負債も金細工の品々も残したまま忽然と旅立ってしまった、というよりも行方をくらましてしまった理由もこれで明らかだろう。もう伏せておいても仕方がないので明かしておくと、シャマーの民である彼の名はアイユーブ・ベン・ハムザという。

思いやりのある読者ならば、この私と同じように、〈情け深く慈悲に満ちたアラーの名において〉彼の幸運を祈ることだろう。

最後につけ加えておくと、くだんの金細工品の競売に関する情報は、裁判所の第十八事務局付属第三商取引法廷が扱うことになる。

解説

大西亮

本作は、アルゼンチンの作家レオポルド・ルゴーネス（一八七四―一九三八）の作品を集めた短編アンソロジーである。のちに詳しく述べるように、モデルニスモ（近代派）を代表する詩人として活躍したルゴーネスは、一方で、かなりの数にのぼる短編小説を手がけている。幻想的な作風を特徴とするものも多く、ホルヘ・ルイス・ボルヘスやアドルフォ・ビオイ・カサーレス、フリオ・コルタサルを中心とする「ラプラタ幻想文学」の源流に位置する作家ということもできるだろう。南米幻想文学の先駆けともいうべきルゴーネスの作品を、ほんの一部とはいえ、このようなかたちで紹介できることの意義は大きい。

ルゴーネスの作品を読んでまず目を引かれるのは、化学や植物学、動物学、物理学、考古学、鉱物学、等々、自然界の万般におよぶ旺盛な知的好奇心と、その驚くべき博識である。微に入り細を穿《うが》った科学談義に多くのページが割かれている作品も少なくない。厳密な科学的データの羅列がかえって幻想的な味わいを引き立たせるという逆説性、言い換えれば、科学精神と幻想性の融合こそ、ルゴーネスの作品を支える重要な柱のひとつといえるかもしれない。

これらの作品にしばしば登場するのが、誇大妄想にとりつかれた科学者、あるいは似非《えせ》科学者たちである。彼らが繰り広げる科学理論は、冷めた理性から生み出される幻想のありようを雄弁に物語っている。宇宙の神秘や自然界の隠された法則を発見したと称する人物たちの打ち明け話という体裁をとった作品が多いのも、ルゴーネスの作品世界の大きな特徴のひとつだろう。これらの登場人物たちは、最新の科学的知見を踏まえつつ、独創的な着想に裏打ちされた理論、ときには狂気と紙一重の理論を得々と展開してみせるのである。

彼らが依拠する科学の知識は、現在からみると古ぼけた、時代遅れの感をまぬかれないものも少なくないが、これは致し方のないところだろう。この点については作者も十分に自覚していたようで、たとえば、本アンソロジーにもその一部が採録されている短編集『奇妙な力』の第二版（一九二六）には、作者による「断り書き」が冒頭に置かれている。ルゴーネスはそこで以下のように語っている。「二十年前に初版が刊行されたこの本の着想のいくつかは（中略）いまや科学の分野においてはごくありふれたものとなっている。善良なる読者諸賢には、ここに収められた作品の興味をそぐことになる以上の事実をぜひ念頭に置いていていただきたい」

ルゴーネスの構築した幻想世界について、現代の科学の知識をもって「時代遅れ」と断ずるのは簡単である。しかし、それは文学作品としての価値を論ずるのとはおのずから別問題である。ルゴーネスの紡ぎ出す科学理論の数々が、文学という虚構のなかでどのような「効果」を発揮しているのか、言いかえれば、当時の最先端の科学的知見を取りこみつつ、想像力の助けを借りながらそれをいかにして一個の文学作品に昇華してみせているのか、それを見定めることが重要なのだ。

そもそも、最先端の科学の知識を踏まえていると言っても、そこにルゴーネスの創造や捏造が紛れこんでいないという保証はどこにもない。いかにも事実に即しているようにみえる科学理論の数々が、じつは虚構性を多分にはらんだ作者の「創作」である可能性は否定できないのである。いずれにせよ、読者であるわれわれは、登場人物たちが繰り広げる煩瑣《はんさ》な科学理論に惑わされる必要はない。そういった難解な部分を別にしても、作品の魅力は十分に伝わるはずだからである。

ところで、ここに収められた作品を一読すればわかるように、ルゴーネスのつくりだす幻想世界には、創作上の技法の問題を越えて、現在の私たちからみても興味深い独特の世界観が息づいている。以下、その点を中心に述べてみたいと思うが、まずはその前に、ルゴーネスの経歴を簡単に振り返っておこう。

ルゴーネスとは？

一八七四年、アルゼンチンのコルドバ州にある寒村ビジャ・マリア・デル・リオ・セコに生まれたレオポルド・ルゴーネスは、青少年時代を州都コルドバで送る。中等学校時代には、退屈な授業に悩まされながらも旺盛な読書欲を失わず、優秀な学友の助けを借りながら数学とラテン語の勉強に打ちこんだ。昆虫学や植物学にも関心を寄せ、独学でさまざまな分野の知識を吸収し、詩作も手がけた。また、当時最新の流行思想だった社会主義に共鳴し、コルドバの社会主義協会の設立にもかかわっている。

やがて、若くしてジャーナリズムの世界に飛び込んだルゴーネスは、一八九三年に処女詩集『世界』を発表する。その三年後にはブエノスアイレスに移り住み、二十三歳にして『黄金の山々』（一八九七）を発表、ニカラグアの詩人ルベン・ダリオの称賛を浴び、アルゼンチンにおけるモデルニスモの幕開けを告げる作品として高く評価された。モデルニスモの旗手として名高いダリオとは、その後も公私にわたる親密な交流がつづいた。詩作と同時に本格的なジャーナリストの道を歩みはじめたルゴーネスは、アルゼンチンの主要紙「ラ・ナシオン」の記者を務める一方、急進的な政治思想を掲げる新聞の創刊にもかかわっている。

この時代のルゴーネスは、詩人あるいはジャーナリズムの仕事と並行して、中等教育視学官の任務をこなしている。教育改革の推進に情熱を注いだルゴーネスは、おのれの信念を貫くためにはいっさいの妥協を許さない硬骨漢として精力的な活動を繰り広げた。教育現場の視察のために国内の各所を訪れ、教員養成機関の設立や教員報酬の引き上げ、教育施設の整備、生徒の健康管理の徹底などに尽力した。ある公立学校で化学の授業を参観した折、飛び入りで教師顔負けの授業を展開したという逸話も伝えられている。一九〇一年には、ウルグアイの首都モンテビデオで開かれたラテンアメリカ学術会議にアルゼンチン代表団のメンバーとして参加、オラシオ・キローガをはじめとする現地の文学者から歓待された。

一九〇三年には、大統領選に立候補したマヌエル・キンタナを支援する運動に加わるなど、政治的な活動にもかかわっている。また、これとほぼ同じころ、教育政策をめぐる公教育大臣の方針に反発し、中等教育視学官の職を辞している。その直後、時の内務大臣に請われ、十七世紀にイエズス会士によって築かれた教化集落の遺跡調査に従事することとなった。このときカメラマンとして同行したのが、ウルグアイの作家、オラシオ・キローガだった。アルゼンチン北東部ミシオネス州の密林地帯に魅了されたキローガは、このときの体験を踏まえて数々の短編小説を手がけている。ルゴーネスもまた、調査結果をまとめた報告書を下敷きに『イエズス会帝国』(一九〇四)と題された作品を書き上げた。

こうした活動と並行して、詩人としての仕事も精力的に進められた。一九〇五年には、フランスの象徴派詩人アルベール・サマンの影響が色濃い詩集『庭園の黄昏』が上梓されている。同じ年に刊行された『ガウチョ《ガウチョ》の戦い』は、独立戦争に揺れるアルゼンチンを舞台に、独立軍に加わった勇猛果敢な牧童とスペイン兵の戦いを、華麗なバロック的文体で浮かび上がらせた作品である。大草原パンパに暮らすガウチョの風俗をふんだんに盛りこんだこの散文作品は、アルゼンチンの建国神話をテーマとする一大叙事詩としても高く評価された。

一九〇六年に初めてヨーロッパの土を踏んだルゴーネスは、帰国早々『奇妙な力』（一九〇六）を発表する。これは、すでに雑誌などに掲載されていた短編小説を収録した作品集で、ボルヘスはそこにエドガー・アラン・ポーとH・G・ウェルズの影響を認めている。この作品集の刊行によって幻想小説作家としての才能を開花させたルゴーネスは、一九〇九年、月をモチーフにした詩編や散文を集めた『感傷の暦』を発表する。ジュール・ラフォルグの『聖母なる月のまねび』に着想を得たこの作品は、ユーモアとアイロニーを基調とする作風や不条理のテーマへの接近などがみられる点で、シュルレアリスムの精神を先取りした作品と目されている。メキシコの文人アルフォンソ・レジェスは、来るべきアルゼンチン詩の誕生を告げる作品と評している。

アルゼンチン独立運動の先駆けといわれる五月革命の百周年に合わせて書かれた『百年頌詩』（一九一〇）は、愛国精神を称揚する作風によって広く注目を集めた。その翌年には『サルミエントの生涯』と題された伝記を刊行、十九世紀アルゼンチンの近代化を推し進めた大統領にして著名な文筆家でもあったドミンゴ・ファウスティーノ・サルミエントの事績を重厚な文体でつづった。

一九一一年と一三年には「ラ・ナシオン」紙の特派員としてふたたびパリを訪れ、

第一次世界大戦前夜の緊迫したヨーロッパ情勢を取材している。一貫して連合国を支持したルゴーネスは、フランスとドイツの対立に象徴されるラテン精神とゲルマン精神の激突、あるいは「文明」対「野蛮」の構図に着目し、前者の圧倒的優位を主張した。大戦勃発直前にアルゼンチンへ帰国してからも、中立政策と介入政策のあいだで揺れる政界の混乱を批判し、積極的な介入による連合国の支持を訴えた。

象牙の塔に引きこもって詩的言語の彫琢にいそしんだ芸術至上主義者というイメージの強いルゴーネスだが、その生涯を概観してみると、現実世界に真正面から向き合うことをいとわない行動派知識人としての一面がみえてくる。第一次世界大戦をめぐる言論のほかにも、時事的な問題を扱った論考を数多く手がけ、講演や演説を通して自身の政治的信条の表明に余念がなかったルゴーネスは、芸術家である前に、鋭敏な批判精神を武器に堂々と現実世界に切りこんでいく戦闘的な知識人でもあったのだ。一九〇六年から一〇年にかけてホセ・フィゲロア・アルコルタがアルゼンチン大統領の座にあったときには、新聞紙上で大々的な反アルコルタ・キャンペーンを展開、それが原因で大統領派の軍人のひとりと決闘騒ぎを起こしている。

一九一三年、パリに滞在していたルゴーネスは、ルベン・ダリオとともに雑誌

「南アメリカ《シュダメリケーヌ》」を創刊、前年の一九一二年には詩集『忠誠の書』を発表したほか、十九世紀アルゼンチンの国民的詩人ホセ・エルナンデスの代表作『マルティン・フィエロ』をテーマに連続講演を行なっている。『マルティン・フィエロ』の文学的意義とその本質に鋭く迫った講演は、のちに『パジャドール』（一九一六）というタイトルの本にまとめられる。ガウチョの生活や風俗を活写し、アメリカ大陸におけるスペイン語の特徴やガウチョ特有の言い回しに関する言語学的考察を含む同書は、アルゼンチンの国民性の根幹をかたちづくるものとしてガウチョを位置づけている点で興味深い。

一九二〇年代に入ると、それまでの社会主義的な政治姿勢は影をひそめ、次第に保守的な傾向を強めていく。右派やナショナリストを糾合した「祖国同盟」なる組織に名を連ねるのもこのころである。一九三〇年には、急進党出身の大統領イポリト・イリゴージェンを政権の座から引きずり下ろした軍事クーデターを支持、自由や民主主義を否定するかのようなその反動的な姿勢はイスパノアメリカの多くの知識人から糾弾された。以後、ルゴーネスは、堕落した民主主義に代わるものとして、規律と秩序を重んじる軍隊的規範に支えられた統治形態、少数のエリートによる独裁的な統治形態を擁護する姿勢に傾いていく。国粋主義的、ファシスト的な言動によって物議を醸すこともしばしばだった。

一方、文学への情熱が衰えをみせることはなかった。自然をテーマにした『風景の書』(一九一七)は、円熟味を増したルゴーネスの詩の粋を集めた作品であり、「雨の賛歌」など有名な詩編もいくつか含まれている。ほかに『黄金の時』(一九二二)、『ロマンセーロ』(一九二四)などの詩集が刊行されている。一九三八年には、生地に伝わる民間伝承をモチーフにした『リオ・セコのロマンセ』が死後出版されている。また、一九二〇年前後から古代ギリシアへの関心を深めてゆくルゴーネスは、ホメロスの作品の翻訳をはじめ、『アテネの巧知』(一九一九)、『イリアスの勇士』(一九二三)、『ヘレニズム研究』(一九二四)、『新ヘレニズム研究』(一九二八)など一連の「ギリシアもの」と呼ばれる作品を手がけている。一九二四年に刊行された『宿命譚』には、古代オリエントに取材した幻想的な物語が収められており、十九世紀フランスの小説家テオフィル・ゴーチエのオリエンタリズムの影響を指摘する研究者もいる。一九二六年には、唯一の長編小説として知られる『影の天使』が上梓されたが、失敗作と評されることの多いこの作品が再刊されることはなかった。

ルゴーネスはさらに、『空間の大きさ』（一九二一）のような数学や物理学をテーマとした論考も発表している。ほかに、東洋思想や聖書、古代ギリシアに関するエッセーを集めた『フィロソフィクラ』（一九二四）、みずからの政治的信条を告白した『強大な祖国』（一九三〇）、『偉大なるアルゼンチン』（一九三〇）、『革命的政治』（一九三一）、『公正な国家』（一九三二）などの作品を世に送り出している。なかでも、「ラ・ナシオン」紙に寄稿した文章を集めた『強大な祖国』は、ブエノスアイレスの軍人クラブの会員に配布され、大好評を博した。

このように、多作をもって知られたルゴーネスは、詩を中心に、文学や歴史、政治、時事を扱ったエッセーや幻想短編小説など、多岐にわたるジャンルの作品を次々と生み出した。充実した作家活動の一端がうかがえるが、晩年の生活はかならずしも順風満帆とは言えなかったようだ。年の離れた若い女性との道ならぬ恋の挫折や創作意欲の減退、政治への失望、文壇での孤立など、度重なる心労に悩まされたルゴーネスは、一九三八年、ブエノスアイレス郊外の保養地ティグレに赴き、ホテルの一室に閉じこもったままヒ素入りのウイスキーをあおる。享年六十三。盟友オラシオ・キローガが服毒自殺を遂げた翌年のことだった。

モデルニスモと神智学

すでに述べたように、ルゴーネスは、ニカラグアの詩人ルベン・ダリオと並んで、モデルニスモを代表する詩人のひとりとして活躍した。モデルニスモとは、十九世紀末から二十世紀初頭にかけて、スペイン語圏を中心に大きな広がりを見せた詩の刷新運動のことであり、おもにロマン主義から象徴主義にいたるフランス詩の影響を受けた文学潮流として知られている。代表的な詩人に、メキシコのマヌエル・グティエレス・ナヘラやアマド・ネルボ、ボリビアのリカルド・ハイメス・フレイレ、キューバのフリアン・デル・カサルなどがいる。「フランス詩の精神をスペイン語に移植する試み」と評されることもあるモデルニスモについて、ルベン・ダリオは、「フランス語で考えてスペイン語で書く」とまで言っている。このような姿勢はしばしば「フランスかぶれ」との批判を招いた。また、該博な知識に裏打ちされたエキゾチシズムもモデルニスモの特徴のひとつに数えられるが、ルゴーネスもやはり、オリエントを舞台にした作品や旧約聖書の創世記に材を得た奇譚などを手がけている。

ウルトライスモと呼ばれる前衛詩運動に参加していたころのホルヘ・ルイス・ボル

ヘスは、ルゴーネスを否定するところから新しい詩の探求に乗り出したが、のちにその才能を認めるようになる。そして、「ルゴーネスについて評価を下すことは、アルゼンチン文学全般について評価を下すに等しい。それほどまでにルゴーネスの与えた影響は大きく、その作品を読んだことのないものでさえ彼の門弟と称することができるほどだ」と述べている。

モデルニスモが本格的に花開いた都市が「南米のパリ」と称されるブエノスアイレスであったこともけっして偶然ではない。西欧文化の積極的な移入に努めていたアルゼンチンの首都ブエノスアイレスでは、テオフィル・ゴーチエやフランスの象徴派詩人たち、世紀末デカダン派の作品、そして、ボードレールによる翻訳を通じてヨーロッパに紹介されたエドガー・アラン・ポーの作品などが知識人のあいだでもてはやされていた。そのような時代風潮のさなか、ルベン・ダリオが一八九三年からおよそ五年間ブエノスアイレスに滞在したことは、モデルニスモの隆盛を予告する象徴的な出来事だった。

ダリオの代表作に数えられる『俗なる詠唱』や『奇人列伝』が一八九六年に刊行されたのもやはりブエノスアイレスにおいてであり、かの地の文学者たちがいかに大きな刺激を受けたかは想像に難くない。そして、同じ一八九六年に内陸部の都市コルドバからブエノスアイレスに勇躍乗りこんできたのがルゴーネスだった。類まれな文学的才能の持ち主であるこの少壮詩人にダリオが目をつけたのも自然の成り行きであったといえよう。当時の新聞には、ルベン・ダリオによるルゴーネスの紹介記事が掲載されている。「つば広帽をかぶり、眼鏡をかけた二十二歳の風変わりな青年」は、ダリオとの親密な交流を通じて、その才能をのびのびと開花させたのである。一八九七年に発表されたルゴーネスの『黄金の山々』は、まさにアルゼンチンにおけるモデルニスモの誕生を告げる作品であった。一九〇五年には、モデルニスモ時代のルゴーネスの円熟ぶりをうかがわせる詩集『庭園の黄昏』が公にされている。

一般に、モデルニスモの系譜に連なる作家たちは、おもに詩作を通じてその才能を発揮したが、エッセーや短編小説などの散文を手がけた文学者も少なくない。ルゴーネスも例外ではなく、生涯を通じておよそ百五十もの短編小説を残している。これは、八十余の短編を数えるルベン・ダリオと比べてもかなり多い。これに政治や歴史、文学をテーマにしたエッセーなどを加えると、散文作家としていかにルゴーネスが豊富なキャリアを築いたかがわかるだろう。

ところで、ルゴーネスの作品に向き合うとき、私たちはモデルニスモが有する秘教的な側面を無視することはできない。彼が若いころからミクロコスモス（小宇宙）とマクロコスモス（大宇宙）の一致を説く神智学に傾倒していたことはよく知られているが、モデルニスモもやはり、そうしたアナロジーの原理にもとづく世界観から少なからぬ滋養を汲みとっていたことは、エンリケ・マリーニ・パルミエリのような研究者も早くから指摘しているところだ。ここに言うアナロジーとは、簡単に言えば、類似の法則によって結ばれた個々の事物の関係を示す概念のことである。ルゴーネス自身、「大いなるアナロジーの法則は、〈上にあるものは下にあるもののごとく〉という真理を導き出すものであり、それは詩の魂ともいうべきメタファーによって具体化される」と述べている。アナロジーの原理を介した統一性の探求に詩の本質を見出そうとする詩人の姿がうかがえる。

モデルニスモが誕生した十九世紀後半は、実証主義の波がラテンアメリカにも押し寄せた時代として記憶される。メキシコの詩人オクタビオ・パスによると、モデルニスモとはすなわち「実証主義にもとづく経験論および科学万能主義に対する反作用」にほかならない。この点についてルベン・ダリオは、「近代的進歩は夢想と神秘に対立するものである。というのもそれは、有用性の概念のなかに閉じこもってしまったからだ」と述べ、進歩史観にもとづく近代のありかたを非人間的なものとして批判している。モデルニスモに影響を与えた象徴主義もやはり、直観の働きによって人間の内面に深く分け入るとともに、論理を超越したアナロジーの法則によって世界を統一的に把握することをめざした芸術思潮であった。ボードレールの言う「万物照応《コレスポンダンス》」はその典型である。モデルニスモの流れを汲むルゴーネスの作品に、リアリズムに対抗する秘教的な要素が認められるのもなんら不思議ではないことがわかるだろう。

ルゴーネスがブエノスアイレスに居を構えた十九世紀末から二十世紀初頭にかけての時代は、神智学や心霊学、オカルティズムなどが知識人のあいだで流行した時代でもあり、ルゴーネスはむろんルベン・ダリオやオラシオ・キローガといった作家たちも、こうした時代の空気をたっぷり吸いこみながら創作にいそしんだ。神智学協会のブエノスアイレス支部に頻繁に出入りしていたルゴーネスは、神智学の普及を目的とした雑誌「フィラデルフィア」に短編小説を寄稿している。

では、アナロジーの原理に支えられた世界観とはいったいどのようなものなのだろうか。まずは、ボードレールの「万物照応《コレスポンダンス》」にインスピレーションを与えたフランスの詩人、エリファス・レヴィ（一八一〇―七五）の「コレスポンダンス」と題された詩を見てみよう。この作品は、一八四五年に刊行された詩集『三つの調和』に収められたもので、象徴主義の理論的基礎を提供した作品としても知られている。その一節を抜き出してみよう。

自然の法則を解し得る者にとって、
自然の一切は決して沈黙してはいない。
星々には文字があり、
野の花々には声がある。
闇夜に輝やく言葉、
数のように厳正な語句、
すべての音が一つの反響《こだま》でしかない声、
かつて祭司たちの叫び声が
エリコの城壁を震動させたように
ありとあらゆるものを動かす声。

右の詩の訳者である澁澤龍彦によると、当代随一の隠秘学者《オカルティスト》として名をはせたエリファス・レヴィは、「論理に対して非合理なものを、知性に対して無意識的なものを、歴史に対して神話もしくは伝説を、日常的現実に対して夢を、昼に対して夜を、それぞれ称揚する精神の運動」であったロマン主義の流れを汲む人物であり、とりわけ生涯の後半期に著した『高等魔術の教理および儀式』二巻（一八五六）によって、ユゴーやボードレール、ランボー、リラダン、マラルメ、イェイツ、ジャリなどの象徴派詩人からジョイス、ヘンリー・ミラー、アンドレ・ブルトンなどの現代作家にいたるまで広範な影響をおよぼした。

レヴィの詩は、森羅万象を包みこむコレスポンダンス（万物照応）の原理を、壮大な象徴体系の衣にくるんで差し出したものである。じつはレヴィの名は、本アンソロジーに収められたルゴーネスの短編「カバラの実践」でも言及されており、物語を構想する際にルゴーネスがレヴィの思想を念頭に置いていたであろうことは想像に難くない。また、ルゴーネスが傾倒していた神智学の創始者であるエレナ・ペトロヴナ・ブラヴァツキーが「第二のレヴィ」としての名声を確立し、同じく天と地、ミクロコスモスとマクロコスモスの一致、あるいは「一切のものの統一」を説いていたことを思い合わせれば、ルゴーネスの作品を支える世界観の一端もおのずから明らかであろう。

帝政ロシアに生まれたブラヴァツキー(一八三一―一八九一)は、若いころから有能な霊媒師として知られ、インドに渡って修業を重ね、その体験をもとにプラトニズムやヒンズー教、キリスト教、交霊術などを取り合わせて神智学と呼ばれる思想体系を確立した。そして、忠実な協力者オルコット大佐とともに一八七五年、ニューヨークに神智学協会を設立した。彼女の感化を受けた文学者に詩人イェイツがいるが、ルゴーネスもまたブラヴァツキーの思想に深く共鳴したひとりだった。一九〇六年にフランスに滞在した際には、ルベン・ダリオと連れ立って神智学協会パリ支部の会員でもあったオカルト研究家、パピュス博士(本名ジェラール・アンコッス)のもとを訪れている。

ルゴーネスの作品のなかでも、とりわけ幻想的な色彩の濃い『奇妙な力』は、当時の最新の科学的知見と神智学思想を組み合わせた短編集として有名である。また、唯一の長編小説として知られる『影の天使』にも神智学の影響が認められる。

ルゴーネスの作品を支える博覧強記も、万物の統一を志向するレヴィやブラヴァツキーの試みに通じるものだろう。化学や植物学、物理学、数学、天文学、鉱物学、動物学、考古学など、多岐にわたる学問分野におよぶルゴーネスの旺盛な知的探求心は、飽くことを知らぬ「総合」への意思に裏打ちされたものだった。ルゴーネスの関心は理論物理学にもおよび、アインシュタインがブエノスアイレスを訪れたときには、この相対性理論の首唱者との会見を果たしている。

では、ルゴーネスが信奉していたアナロジーの法則もしくはコレスポンダンスの原理にもとづく世界観の一端を覗いてみることにしよう。そのための格好の材料を提供してくれるのが、「宇宙生成をめぐる一〇の試論」と題された論考である。『奇妙な力』の最後を締めくくるこのエッセーは、宇宙の起源とその生成の過程をテーマとした作品である。残念ながら本書に収録することはできなかったが、ルゴーネスの作品に通底する秘教的な世界観をうかがい知るための重要な手がかりを与えてくれる。

語り手の「私」は、ある日、アンデス山中でひとりの謎めいた測量士に出会う。峨々《がが》たる山容が夜の帳《とばり》に包まれ、空には美しい星がまたたいている。語り手は、神秘的な陶酔感に浸りながら、測量士が口にする壮大な宇宙論に耳を傾ける。その基調をなすのは、宇宙に遍在する生命力の観念である。広大無辺の宇宙は、人間と同じように、神秘的な生命力に満たされている。それはまた、終わりのない変容の過程にさらされている。生々流転する万物は、有為転変を繰り返しながら、悠久の全一性ともいうべき秩序を志向している。それを支えるのが、「対立物の一致」にもとづくアナロジーの原理である。測量士は言う。「昼と夜、労働と休息、覚醒と睡眠は、いわば生の発現の両極です。(中略)あらゆる力は無力であり、あらゆる無力はすなわち力なのです」。相対立する要素は、同一性の法則のなかで緊密に結び合わされ、万物の統一にむけた調和をかたちづくっている。

測量士はさらに、エネルギー、物質、電気、エーテル、時間と空間、原初の光、音、熱、原子、星雲、惑星、重力、太陽系、水、動物、人間について、その誕生と生成のメカニズムを一つひとつ解き明かしてゆく。興味深いのは、こうした理論が実証主義にもとづく科学とは根本的に相容れないものであることがしばしば強調されていることだ。測量士が語る宇宙生成論は、いきおい秘教的な色合いを帯びたものとなる。さきに見たアナロジーの原理はその典型であろう。たとえば彼はこんなふうに言う。「思考は人間にのみ特有の活動であると断言することは、人間とそれ以外の動物——

そこには、明らかな知性が認められる昆虫も含まれるわけですが――のあいだに存在する完全なアナロジーもしくは本質的な同一性を否定することを意味するのです」。測量士によると、無機物であろうと有機物であろうと、宇宙に存在するものにはすべて「感性」が具《そな》わっており、「思考」という属性が与えられている。のみならず、人間の頭脳のなかで繰り広げられる「思考」と宇宙に遍在する「思考」の両者は、「本質的な同一性」のなかで結ばれている。こうして、アナロジーの原理に貫かれた万物照応の世界が立ち現れる。測量士の話に耳を傾けていた語り手は、夜空に浮かぶ星々を眺めながら、宇宙との神秘的な合一を経験する……。

ボルヘスも示唆しているように、ルゴーネスの構築した宇宙生成論の背後には、ポーの「ユリイカ」の影響がほの見える。しかし、それよりも重要なのは、そこに神智学の影響が認められる点であろう。実証主義的な世界観の対極に位置するルゴーネスの宇宙論は、秘教的な要素をふんだんに盛りこんだ神秘主義文学の一種として読まれるべきものなのだ。

〈フィクション〉と〈現実〉を貫くコレスポンダンス

さて、本書に収められたルゴーネスの諸作品においては、これまで見てきたアナロジーの法則あるいはコレスポンダンスの原理がさまざまな変奏を施されることによって、バラエティに富む物語群が生み出されている。たとえば「アラバスターの壺」や「女王の瞳」、「ヌラルカマル」にみられる転生のモチーフは、過去と現在というかけ離れたふたつの世界が時間の壁を乗り越えて響き合う様子が描かれている点で、ある種のコレスポンダンスを根底に据えた作品といえるだろう。ブラヴァツキーの著作においても、神智学の基本的な概念のひとつに〈輪廻《りんね》〉が挙げられており、生命の周期的再生に光を当てたルゴーネスの作品世界との親和性は明らかである。

「チョウが？」と題されたメルヘンチックな味わいの作品では、異国の地に暮らす少女の魂が、夢という回路を経てはるか彼方の故郷へと運ばれ、美しいチョウの姿を借りて少年の心を惑わす。少女が暮らす世界とチョウの舞う世界は、恋心が生み出す神秘的な磁場のなかで共鳴し、分かちがたく結びついているのである。「カバラの実践」では、ガラスケースに吊された不気味な骸骨と、骨を抜き取られてぶよぶよの肉塊と化した少女が、「肉のない骨」と「骨のない肉」という強烈なコントラストを浮き彫りにしながら、陰画と陽画のような関係に支えられたコレスポンダンスを形づくっている。

ほかにも、古代エジプト王の墓に安置されていた香水が謎のエジプト人女性を包みこむ芳香としてよみがえったり、いにしえの金細工に刻まれた指紋が何世代も後の時代に生きる男のそれと一致したりするなど、ルゴーネスの筆が紡ぎ出す幻想世界には、時空を超越した照応の原理が通奏低音のように鳴り響いている。人間とサルの不気味な合一が示唆される「不可解な現象」も、人間界と動物界を結ぶアナロジーの原理を根底に据えた作品といえるだろう。

ところで、先に触れた「アラバスターの壺」と「女王の瞳」の二編は、神聖不可侵の秘密を暴いた男が、その冒瀆の罪ゆえに悲劇に見舞われる顛末を描いた作品である。前者の主人公のニール氏は、数千年の眠りについていたツタンカーメン王の墳墓の発掘に立ち会い、棺が安置された墓室に足を踏み入れるだけでなく、アラバスターの壺に封じこめられた芳香を吸い込む。そして、そのときの体験を、作者ルゴーネスと思われる語り手の「わたし」のみならず、講演会に集まった不特定多数の聴衆を相手に語り聞かせる。その直後、彼は謎のエジプト人女性の魅力にとりつかれ、続編にあたる「女王の瞳」で明かされるように、最後は不可解な自死を遂げる。こうして、ニール氏が犯した冒瀆の罪――聖なる領域の侵犯と、王の墓をめぐる秘密の暴露――は、ファラオの呪いによって罰せられるのである。

一方、「女王の瞳」では、ルゴーネスとおぼしき語り手の「わたし」が、ニール氏の体験をもとに「アラバスターの壺」という短編小説を書き上げ、それを世に送り出したという設定が導入されている。語り手の「わたし」は、「アラバスターの壺」を読んだ登場人物のひとりから、作品のなかで語られている出来事にまつわる重大な秘密を打ち明けられる。その打ち明け話の中身が「女王の瞳」の主要なストーリーを構成するという仕組みになっているのである。つまりここでは、王の墓の秘密を暴いたニール氏の冒瀆の罪が、それを題材に一編の物語を書き上げ、広く世間に公表した「わたし」の行為によってさらに増幅されているのだ。「女王の瞳」の読者、それも想像力のたくましい読者なら、タブーの侵犯への呪いがいずれ語り手の「わたし」（＝ルゴーネス）にも襲いかかるにちがいないという予感を抱くことだろう。

ここで思い起こされるのは、作者ルゴーネスの晩年につきまとう不吉な運命の影である。ルゴーネスの自死についてはこれまでさまざまな臆測がささやかれてきたが、どうやら三十歳以上も年の離れた若い女性との不倫の恋にその一因があったことはまちがいないようだ。以下、その経緯を簡単に記しておこう。

ある日、ルゴーネスが館長を務めていた国立教育図書館に、彼の詩集『感傷の暦』の閲覧を求めて、文学部の教職課程に在籍していた女学生エミリア・カデラゴがやってきた。彼女を一目見たルゴーネスはたちまち恋に落ち、妻帯者でありながら彼女との密会を重ねた。冷静沈着な人物として知られるルゴーネスも、このときばかりはくるおしいほどの情熱に身を焦がし、彼女に宛てた恋文には、まるで愛の証しのように、血と精液の染みが付着していたという。

ところが、ふたりの関係はやがて、ブエノスアイレス警察の署長を務めていたルゴーネスの一人息子（本名は父親と同じレオポルドで、ポロという愛称で呼ばれていた）の知るところとなる。父親のスキャンダルに眉をひそめたポロは、監視の網を張りめぐらせ、父親を徐々に追いつめていく。手紙の検閲や電話の盗聴、尾行、エミリアの実家への脅迫まがいの電話など、あらゆる手段を駆使してふたりの関係に終止符を打たせようとする息子の執拗な妨害工作を前に、ルゴーネスもついに彼女との関係をあきらめ、絶望に浸る毎日を送るようになる。文壇での孤立や執筆の行き詰まり、政治的な挫折などの心労も重なったルゴーネスはある日、ブエノスアイレス郊外の保養地ティグレに足を延ばすと、ホテルの一室に閉じこもり、ヒ素入りのウイスキーをあおる。同じく神秘的な女性の魅力にとりつかれ、みずから命を絶ったニール氏の運命を彷彿とさせるルゴーネスの最期は、フィクションと現実の不気味なコレスポンダンスを暗示しているようで興味深い。

ルゴーネスが残した遺書には、以下のような言葉がしたためられていたという。

「わたしの亡骸《なきがら》は、棺に納めず埋葬してほしい。そして、わたしの名前はもちろん、わたしを思い起こさせるような言葉はいっさい残さないでほしい。街路や公共の建物にわたしの名前を冠することもやめてほしい。わたしは誰を非難するつもりもない。すべてはわたし自身の責任なのだから」

ルゴーネスの身に降りかかった悲劇の物語はじつはここで終わらない。すでに述べたように、ルゴーネスにはポロという愛称の一人息子がいた。彼は、過酷な拷問を警察の取り調べに導入した人物として記憶される。ウリブル独裁政権下で警察署長に任命された彼は、反体制派やアナーキスト、社会主義者、労働組合関係者への拷問を繰り返し命じた。とりわけ〈ピカーナ〉と呼ばれる高電圧の棒を用いた凄惨な取り調べは、「拷問者《エル・トルトゥラドール》」の異名を彼に与えることとなった。そのサディスティックな性癖は早くから周囲の目を引いていたようで、九歳のポロが自宅の中庭で鶏を惨殺しているところを父親に見とがめられたこともあったという。また、警察署長になる前、少年院の院長を務めていたときには、未成年者への性的虐待の罪で告発されている。このときは、父親が方々の有力者に働きかけたおかげで、十年の禁錮刑をまぬかれることができた。そんな彼は一九七一年、父親と同じようにみずから命を絶っている。

ポロ・ルゴーネスにはスサナという娘がいた。ホルヘ・アルバレス社の編集者だった彼女は、有能な若手作家を次々と発掘、ボルヘスと親交を結び、マヌエル・プイグの出版を手がけ、オノ・ヨーコの作品を翻訳し、チェ・ゲバラへのインタビューを敢行するなど、精力的な活動を繰り広げる文化人として知られていた。六〇年代後半に作家デビューを果たしたリカルド・ピグリアは、「聡明なスサナ・ルゴーネスの存在を抜きにして、六〇年代のブエノスアイレスにみなぎっていた文化的活況を語ることは不可能である」と述懐している。彼女が主宰するサロンには、パートナーのロドルフォ・ワルシュをはじめ、リカルド・ピグリアやトマス・エロイ・マルティネスら多くの作家が顔を出していた。ところがその後、軍事政権下のブエノスアイレスでゲリラ活動に荷担したスサナは、一九七八年に警察に拉致され、そのまま行方不明となる。皮肉にも彼女は、父親が導入した凄惨な拷問システムの犠牲となってこの世から消されてしまったのである。

彼女の娘タビータ・ペラルタ・ルゴーネスは、現在にいたるまでパリに暮らしている。作家として活躍している彼女は、みずから「不幸に見舞われた家系からの亡命者」と称し、時おりテレビのインタビュー番組などに出演している。そんな彼女もルゴーネス家につきまとう呪われた運命から逃れることはできず、仲のよかった弟を首つり自殺で失っている。弟が自殺の場所に選んだ場所は、曽祖父レオポルドがみずから命を絶ったティグレだった。

偶然というにはあまりにも出来すぎた感のあるこれら一連の出来事は、何世代にもわたる因果の連鎖をまざまざと見せつけているかのようだ。私たちは、個人の運命を易々と呑みこんでいくコレスポンダンスの魔を目の当たりにしているような、そんな感覚にとらわれるはずである。そして、タブーの侵犯に対する呪いがいずれ語り手の「わたし」（＝ルゴーネス）の身にも降りかかるかもしれないというあの恐ろしい予感が、奇しくも現実のものとなってしまったことを知るのである。

めくるめく幻想世界――作品解題

最後に、本アンソロジーに収録された作品について補足的な説明を加えておこう。

「ヒキガエル」は、「小さな魂《アルミータ》」、「チョウが?」、「不可解な現象」と同じく、小動物に寄せるルゴーネスの関心の深さをうかがわせる作品である。地方に語り伝えられる民間伝承という体裁をとっているのも興味深い。異国情緒あふれる作品を数多く手がけたルゴーネスは、一方で、「ヒキガエル」のほかにも『ガウチョの戦い』、『パジャドール』、『リオ・セコのロマンセ』など、土着的な要素が色濃い作品をいくつか発表している。「ヒキガエル」には、コルドバ州の寒村で過ごした作者の幼少時代の記憶がにじみ出ている。語りの入れ子構造が閉じられないまま物語の幕が下ろされていることも目を引く。この作品は一八九七年に「呪いの生き物」のタイトルで雑誌「エル・ティエンポ」に掲載されたのち、「ヒキガエル」と改題されて『奇妙な力』に収録された。

「カバラの実践」は、一八九七年に雑誌「エル・ティエンポ」に掲載された作品である。古代にさかのぼるユダヤ教の秘教的な教理を意味するカバラは、モーセ五書の注解などを目的とする神秘主義思想のひとつとして知られている。無限なる神の存在を探求し、文字や数字のシンボリズムの体系化をめざしたカバラは、一方で呪文を用いた死者の蘇生や病気の治療などを試みる魔術としての側面、いわば実践的な側面を有していた。その典型的な例として知られるのが、奇怪な人造人間ゴーレムをめぐる伝説である。ゴーレムとは、秘密の言葉を額に刻みつけられることによって生命を吹きこまれた一種の土偶である。ユダヤ教の教師《ラビ》がひそかにゴーレムを造ったという伝説が中世ヨーロッパには数多く流布していた。額に刻まれた呪文を消されると、ゴーレムはふたたび一塊の土に返っていったという。ルゴーネスの作品もこうした伝説を踏まえたものだろう。もっともここでは、ゴーレムの代わりに、ガラスケースに陳列された一体の骸骨が登場する。一夜にして生命を吹きこまれた骸骨は、美しい女性の姿となってよみがえり、主人公に謎の言葉をささやきかける。ところが翌朝目覚めてみると、彼女はふたたびもとの骸骨となって椅子の背にもたれているのである。

「不可解な現象」は、スペイン語圏アメリカ諸国の幻想文学における分身のテーマの嚆矢《こうし》と目されている作品である。一八九八年に神智学系の雑誌「フィラデルフィア」に「狼狂《リカントロピア》」のタイトルで発表された。狼憑きと称されることもある〈狼狂《リカントロピア》〉は、自分が狼などの野獣だと思いこむ精神疾患のことだが、「不可解な現象」では、サルの憑依がもたらす不気味な恐怖が描かれている。人間界と動物界を結ぶアナロジーの法則が作品の背後に透けて見えることはすでに指摘したとおりである。ちなみに、人間とサルの関係を扱ったルゴーネスの作品としては、ほかに、本作には収録されていない「イスール」という短編がある。ボルヘスが激賞したこの作品は、言葉の伝授を通じて人間とサルの連続性を証明しようとする男の強迫観念を追った物語である。サルがアカデミー会員の前で話すカフカの短編「あるアカデミーへの報告」を思い起こさせる点でも興味深い。ルゴーネスと同じく、カフカもまたさまざまな動物を物語のなかに登場させていることは周知のとおりである。なお、インドを舞台にした「不可解な現象」は、イギリスの作家キプリングの短編小説にも通ずる作風によっても注目に値する。周知のように、英領インドで生まれ、イギリス本土で教育を受けたのちインドに戻り、本格的に作家の道を歩みはじめたキプリングは、インドの風物が醸し出す異国情緒あふれる短編小説を数多く手がけた。

「チョウが？」は、ルゴーネスが発表した最初の幻想短編小説である。ここでは、遠く離れたふたつの世界が、美しいチョウを媒介として連結されてしまう。ボルヘスによると、ふたつの世界の並行関係に光をあてるこうした趣向は、幻想文学のもっとも効果的な手法のひとつである。たとえばボルヘスが言及している『マビノギオン』(中世ウェールズの神話や伝説を収めた物語集)のなかに、つぎのような話がある。あるとき、ふたりの王が山上でチェスの手合わせをする。下界では、それぞれの王の軍勢が干戈《かんか》をまじえている。ふたりの王が動かす駒の一つひとつは、糸につながれた操り人形のように、下界の兵士たちの一挙一動を支配している。やがて一方の王がチェックメイト(王手詰み)を宣言する。するとそのとき、彼の軍勢の勝利を告げるべく、下界から伝令兵が飛んでくる……。「チョウが?」では、死んだ少女の背中に刻印された「虫刺されのような赤い小さな斑点」が、ふたつの世界をつなぐ役割を果たしている。初出は一八九七年の「エル・ティエンポ」誌。

すでに述べたように、「アラバスターの壺」と「女王の瞳」は、ルゴーネスのオリエンタリズムが結実した作品である(テオフィル・ゴーチエの影響がうかがわれる点については先に触れたが、ゴーチエにも同じく古代エジプトに取材した「ミイラの足」という作品がある)。アラビア語を解し、オリエントの歴史や風俗、秘密結社にも通じていたルゴーネスは、想像の翼を自由に羽ばたかせながらこれらの作品を書き上げた。しかしその一方で、現実の出来事が随所に織りこまれている点も見逃せない。たとえば「アラバスターの壺」では、ロード・カーナーヴォンなる人物の死が語られているが、これは実話にもとづいている。ツタンカーメンの王墓発掘の資金提供者として知られるカーナーヴォンの不可解な死は、さまざまな臆測を呼び、アルゼンチンでも新聞などで盛んに報じられた。イギリスの小説家コナン・ドイルなどは、神聖不可侵の墓を暴いたロード・カーナーヴォンが王の呪いにとりつかれて死んだという説を真面目に信じていたらしい。なお、古代エジプトをめぐるミステリーは、二十一世紀の今日においてもいまだ解明の途上にある。数年前にも、古代エジプト第十八王朝の裁判官のものとみられる墓が〈王家の谷〉の近くで新たに発見され、ミュー粒子を利用した透視によってクフ王のピラミッド内部に未知の巨大空間が存在することが明らかになるなど、世の耳目を引くニュースが報じられた。ルゴーネスの作品はその意味で、同時代の物語として読むことも十分に可能だろう。両作品とも「ラ・ナシオン」紙に掲載され、翌年『宿命譚』に収録された。

「黒い鏡」は、一八九八年に「トゥリブナ」紙に掲載された。ルゴーネスのその他の作品と同じく、科学と幻想の融合を特徴とする物語である。延々とつづく科学談義が前口上として物語の冒頭に配されているのも、ルゴーネスの読者にはすでにおなじみの手法である。なお、「女王の瞳」もそうだが、鏡のなかに人間の顔が現れるという趣向はルゴーネスの専売特許というわけではもちろんなく、たとえばドイツの作家ホフマンの「廃宅」や、スコットランドの詩人にして小説家ジョージ・マクドナルドの「鏡中の美女」をはじめ、とりわけ十九世紀幻想小説の作家が好んだ題材のひとつであった。これらの作品にルゴーネスが触発されたことは十分に考えられる。

「供犠《くぎ》の宝石」は、絢爛たる措辞を駆使するモデルニスモの美学が受け継がれた作品である。種々の宝石をめぐる細密描写を通じて、華麗な美の世界が読者の眼前に繰り広げられる。この作品の圧巻は、なんといってもきらびやかな宝石の数々が織りなす神秘的な象徴体系だろう。その掉尾《とうび》を飾るのが、修道女ソル・イネスの若き血潮が注がれた柘榴石《ざくろ》である。キリストの心臓を象徴する柘榴石を介して、彼女は神との神秘的な合一を経験する。初出は一八九八年の「ブエノスアイレス」誌。

「小さな魂《アルミータ》」は、一九三六年に「ラ・ナシオン」紙に掲載されたのが最初である。ルゴーネスの当初の計画では、『高地物語集』というタイトルの短編集に収録されるはずだった。ルゴーネスが生まれ育ったコルドバ州の高地を舞台とした一連の作品からなる短編集として構想されたが、なんらかの事情により頓挫したものらしい。〈黒いスミレ〉の生成過程を描いた「ウィオラ・アケロンティア」は、植物学に関するルゴーネスの博識が遺憾なく発揮された作品である。人工的に生み出された〈黒いスミレ〉が人間の泣き声にも似た奇妙なうめき声を発する場面では、マンドラゴラという植物が引き合いに出されている。これは、ヨーロッパ中世の薬学書や本草書などに登場するナス科の植物で、猛毒性のアルカロイドを含み、催眠剤や麻酔剤、媚薬として古くから用いられていた。また、二股に分かれた根がどことなく人間の姿を思わせるところから、さまざまな言い伝えや伝説と結びつけられてきた。土のなかから引き抜かれるときに金切り声を発するというのもそのひとつである。「ウィオラ・アケロンティア」に登場する〈黒いスミレ〉も、こうした伝説を踏まえたものだろう。植物と人間の同一化をほのめかす記述が散見されるのも興味深い。ちなみに、この作品の八年後に刊行されたメーテルリンクの『花の知恵』にも、「花には、人間の忍耐強さ、粘り強さ、自尊心があるらしい。人間と同様の微妙に異なる多様な知性をもち、人間とほとんど同じ希望と理想をもつらしい」（高尾歩訳）といった一節があり、ルゴーネスの作品にも通じる擬人化の手法がみられる。なお、「ウィオラ・アケロンティア」は、もともと「アケロンティア・アトロポス」（本編にも登場する「ドクロメンガタスズメ」の学名）のタイトルで一八九九年に「トゥリブナ」紙に掲載され、その後、現在のタイトルに改題されて『奇妙な力』に収録された。

「オメガ波」は、SFのような味わいのある作品である。作中、エーテルをめぐる議論が展開されているが、ここには明らかに神智学の影響が認められる。ルゴーネスはこの作品を、J・W・キーリーというアメリカ人が一八八五年に行なった実験からヒントを得て書き上げた。神智学の創始者であるブラヴァツキーもキーリーの実験に並々ならぬ関心を寄せ、「オメガ波」とよく似たエーテル論を展開している。「オメガ波」については、さらに、作中にも引用されているフランス人物理学者デプレッツの音響学に関する研究に多くを負っていることが指摘されている。主人公の死がはたして自殺によるものなのか単なる事故によるものなのか判然としないところが、物語に独特の余韻を与えている。初出は一九〇六年の「エル・ディアリオ」紙で、その後『奇妙な力』に収録された。

「ヌラルカマル」は、「アラバスターの壺」や「女王の瞳」と同じく中近東に舞台を据えた作品である。作中、アラビア語に由来する〈ヌラルカマル〉という名の美女が登場するが、正しくは〈ヌール・ル・カマル〉となる。〈ヌール〉は「光」、〈ル〉は定冠詞〈アル〉の省略形、〈カマル〉は「月」の意。本文にもあるように、まさに〈月光〉を意味する輝かしい名前である。初出は一九三六年の「ラ・ナシオン」紙。ルゴーネスの生前、単行本に収録されることはなかったが、彼の死後四十年以上経ってから刊行された『未発表短編集』（一九八二）に収められた。

死とその概念の奇妙なずれに光を当てた寓話ふうのコント「死んだ男」、言葉とその意味の関係を根底から問い直している感のある「デフィニティーボ」、ポーの「楕円形の肖像」を連想させる「イパリア」、奇妙な考えにとりつかれた狂人の憐れな末路を描いた「円の発見」、死んだ女の霊が飼い犬によって呼び戻され、彼女を殺した夫への復讐を遂げるさまが暗示される「死の概念」、幻想文学にしばしば登場する〈生ける芸術作品〉をモチーフにした「ルイサ・フラスカティ」、これらの作品はいずれも、一九〇七年に雑誌「カラス・イ・カレタス」に掲載され、ルゴーネスの死後『未発表短編集』に収載された。雑誌掲載という制約のためか、余分な描写を排したごく短い作品に仕上がっている。「死んだ男」や「デフィニティーボ」などは、なんともいえないユーモアをたたえた作品で、ルゴーネスの新たな一面を示している。

レオポルド・ルゴーネス年譜

一八七四年
アルゼンチンのコルドバ州の寒村ビジャ・マリア・デル・リオ・セコに生まれる。その後、州都コルドバで勉学時代を送る。独学でさまざまな分野の知識を吸収、詩作も手がける。

一八九三年　一九歳
処女詩集『世界』を発表。詩作の傍らジャーナリストとしても活躍する。

一八九六年　二二歳
ブエノスアイレスへ移り住む。ルベン・ダリオの『俗なる詠唱』と『奇人列伝』がブエノスアイレスで刊行される。社会主義を標榜する新聞「ラ・モンターニャ」にかかわるなど、ジャーナリストとしての活動を本格化させる。

一八九七年　二三歳
アルゼンチンにおけるモデルニスモの幕開けを告げた詩集『黄金の山々』を発表、ルベン・ダリオの称賛を得る。「ラ・ナシオン」紙へ記事を寄せはじめる。

一九〇一年　二七歳
中等教育視学官の任務をこなしていた

ルゴーネスは、教育改革の推進に情熱を注ぎ、国内のさまざまな町の学校を視察する。ウルグアイの首都モンテビデオで開かれたラテンアメリカ学術会議にアルゼンチン代表団のメンバーとして参加、オラシオ・キローガをはじめとする現地の文学者から歓待される。

一九〇三年　二九歳

大統領選に立候補したマヌエル・キンタナを支援する活動にかかわる。教育政策をめぐる公教育大臣の方針に反発し、中等教育視学官の職を辞する。その直後、時の内務大臣の要請を受け、イエズス会の教化集落の遺跡調査に従事、オラシオ・キローガとともにアルゼンチン北東部のミシオネス州に赴く。

一九〇四年　三〇歳

半年間におよぶ教化集落の調査活動をもとに『イエズス会帝国』を発表する。

一九〇五年　三一歳

フランス象徴派の影響がみられる詩集『庭園の黄昏』を上梓、ルゴーネスのモデルニスモ時代を代表する詩集と評される。ほかに、アルゼンチンの独立運動にかかわった勇猛果敢な牧童《ガウチョ》とスペイン兵の戦いを華麗な文体によって浮かび上がらせた『ガウチョの戦い』が刊行される。

一九〇六年　三二歳

アルゼンチン政府からヨーロッパ視察の任務を与えられ、初めてフランスを訪れる。帰国後、幻想的な物語を集めた短編集『奇妙な力』を刊行、短編作家としての才能を開花させる。

一九〇九年　三五歳

月をモチーフにした詩編や散文を集めた『感傷の暦』を発表、メキシコの文人アルフォンソ・レジェスの称賛を得る。

一九一〇年　三六歳

アルゼンチン独立運動の先駆けとなった五月革命の百周年を記念して書かれた『百年頌詩』が刊行され、愛国精神を称揚する作風によって注目される。

一九一一年　三七歳

一九世紀アルゼンチンの近代化を推し進めた大統領であり著名な文筆家でもあったドミンゴ・ファウスティーノ・サルミエントの事績を荘重な文体で浮かび上がらせた『サルミエントの生涯』が刊行される。「ラ・ナシオン」紙の特派員としてパリを訪れる。

一九一二年　三八歳

詩集『忠誠の書』を刊行。アルゼンチンの国民的詩人ホセ・エルナンデスの代表作『マルティン・フィエロ』をテーマに連続講演を行なう。

一九一三年　三九歳

「ラ・ナシオン」紙の特派員としてふたたびパリを訪れ、第一次世界大戦前夜の緊迫した情勢を取材する。一貫して連合国を支持したルゴーネスは、帰国後もアルゼンチンの積極的な介入を主張する。ルベン・ダリオと協力してパリで雑誌「南アメリカ《シュダメリケーヌ》」を創刊する。

一九一五年　四一歳
国立教育図書館の館長に就任する。

一九一六年　四二歳
『マルティン・フィエロ』をテーマにした連続講演をもとに『パジャドール』を刊行、アルゼンチンの国民性の根幹をかたちづくるものとしてのガウチョ像を提示する。

一九一七年　四三歳
詩集『風景の書』を刊行、円熟味を増したルゴーネスの詩の粋を集めた作品として注目を集める。

一九一九年　四五歳
『カッサンドラの塔』『アテネの巧知』を刊行。

一九二一年　四七歳
数学や物理学のテーマを扱った『空間の大きさ』を発表。このころから次第に社会主義的な政治思想から離れ、保守主義的な傾向を強めてゆく。

一九二二年　四八歳
詩集『黄金の時』を刊行。

一九二三年　四九歳
『イリアスの勇士』を刊行。

一九二四年　五〇歳
詩集『ロマンセーロ』や、「ギリシアもの」に分類されるエッセーのひとつ『ヘレニズム研究』のほかに、古代オリエントに取材した幻想的な短編小説を集めた『宿命譚』が刊行される。また、東洋思想や聖書、古代ギリシアに関するエッセーなどを収録した『フィロソフィクラ』が発表される。

一九二六年　五二歳
唯一の長編小説『影の天使』が上梓されるも、失敗作と評される。

一九二八年　五四歳
『新ヘレニズム研究』を刊行。

一九三〇年　五六歳
急進党出身の大統領イポリト・イリゴージェンを倒した軍事クーデターを支持、その反動的な姿勢がスペイン語圏アメリカ諸国の多くの知識人たちから批判される。自身の政治信条をまとめた『強大な祖国』『偉大なるアルゼンチン』を発表。「ラ・ナシオン」紙に寄稿した文章を集めた『強大な祖国』は、ブエノスアイレスの軍人クラブの会員に配布され大好評を博す。

一九三一年　五七歳
『革命的政治』を刊行。

一九三二年　五八歳
『公正な国家』を刊行。

一九三七年　六三歳
ウルグアイの作家オラシオ・キローガが服毒自殺を遂げる。

一九三八年　六四歳
ブエノスアイレス郊外の保養地ティグレで服毒自殺を遂げる。生地に伝わる民間伝承をモチーフにした詩集『リオ・セコのロマンセ』が死後出版される。

一九六三年

息子レオポルド（愛称ポロ）の手により『レオポルド・ルゴーネス初期文集』が刊行される。

一九八二年

『未発表短編集』が刊行される。

訳者あとがき

ホルヘ・ルイス・ボルヘスやオラシオ・キローガ、フリオ・コルタサル、アドルフォ・ビオイ・カサーレスなど、いわゆる「ラプラタ幻想文学」の系譜に連なる作家たちの作品を読みながら、その源流に位置するルゴーネスはつねに気になる存在だった。しかし、モデルニスモの大御所にしてボルヘスが師と仰ぐこともある大作家というイメージに阻まれ、その作品に真正面から取り組む勇気がなかなか湧かなかった。そんなときたまたま手に取ったのが、本書にも収録されている「アラバスターの壺」だった。当時大学院生だったわたしは、エジプトを舞台にした蠱惑《こわく》的な幻想世界にすっかり魅了され、翻訳のまねごとをしてはささやかな満足感に浸っていた。「アラバスターの壺」のつぎに読んだのが「円の発見」。前者の重厚な作風とは対照的な、ユーモアをまじえた軽いタッチの奇談に感銘をおぼえた。しかつめらしい古典作家という印象が覆された瞬間でもあった。その後も気の赴くままにルゴーネスの作品を読み進めながら、並外れた博覧強記を特徴とする幻想世界に圧倒され、その魅力にますますとりつかれていった。

こうしてルゴーネスの作品との長い付き合いがはじまったわけだが、考えてみれば、ボルヘスやコルタサル、ビオイ・カサーレス、ムヒカ・ライネスなど、アルゼンチンはじつに多くの幻想作家を輩出している。その理由はいろいろ考えられるが、ひとつにはブエノスアイレスという都市の国際性が挙げられるだろう。とりわけ十九世紀後半以降、南米随一のコスモポリタン都市に成長したブエノスアイレスには、欧米からさまざまな芸術思潮が流れ込んだ。解説でも触れたように、ヨーロッパ世紀末のデカダン派やフランス象徴派、ポーの幻想小説から神智学や心霊学、オカルティズムにいたるまで、多種多様な文化現象がいち早くこの「南米のパリ」にもたらされたのである。こうした異種混淆ともいうべき文化的活況が、いわゆる「ラプラタ幻想文学」をはぐくむ豊かな土壌となったことはまちがいないだろう。

二点目に挙げられるのは、アルゼンチン文化の特徴のひとつに数えられる「周縁性」である。西欧文化圏のいわば辺境に位置するアルゼンチンは、正統ヨーロッパ文化の伝統の重みに煩わされることなく、自由な発想と独自の視点からその果実を自在に取りこみ、随意にアレンジすることができた。つまり、ヨーロッパでありながらヨーロッパではないという両義性——本流のヨーロッパから見れば、ある種の「まがいもの性」とも呼びうるもの——が、単なるヨーロッパ文化の焼き直しや二番煎じとは異なるオリジナルな作物を生み出す母胎となったのである。このことは、たとえばボルヘスの作品における小説作法、すなわち、ヨーロッパの知の伝統を参照しつつ、それらを自在に取り合わせ、歪曲や潤色、偽造といった操作を加えることによってまったく新しいものをつくりあげてしまう小説作法を思い浮かべれば納得がいくだろう。

ルゴーネスの作品にも同様の傾向が見られるように思われる。彼の作品には、西欧の伝統に寄りかかりつつも、距離を置いてそれを眺める冷めた視線が感じられる。あくまでも周縁に身を置きながらヨーロッパ文化を見つめ、本場とはちがう視点から独創的なものを編み出していこうとする姿勢が透けて見えるのだ。それを象徴しているのが、ルゴーネスの作品に登場する科学者、あるいは似非《えせ》科学者たちである。彼らの多くは、正統的な科学の伝統から逸脱した、どこかうさん臭い人物である。欧米の科学者たちの学説をおびただしく引用し、いかにも学者らしい言辞を弄する彼らの脳髄には、常識的な規範からはずれた奇怪な妄想が渦巻いている。既成の学説を気ままに（当人はどこまでも真剣なのだが）取りこみつつ自己流の理論を嬉々として練り上げていく彼らの姿は、周縁性やまがいもの性を刻印されたアルゼンチン文化のありようを象徴しているように感じられるのである。少なくとも彼らが、知の本道からはじき出されたマージナルな存在、学問の裏道を行く挫折者の風貌を帯びた存在であることは否定できないだろう。

最後に幻想文学についてひと言。ひとくちに「幻想」といっても、そこにはさまざまな種類の幻想があり、すべてを一緒くたに論ずることができないのはいうまでもない。ここは幻想文学について詳しく論ずる場ではないから、幻想という用語をめぐる厳密な定義の問題にもとくに触れなかったが、ただひとつ言えるのは、幻想文学はリアリズム文学の一変種にほかならない、ということである。一見現実からかけ離れた世界を描いているにもかかわらず、というよりもむしろ、現実からかけ離れた世界を描いているからこそ、通常のリアリズムの手法によっては見えてこないある種の「現実」を明るみに引き出す。幻想という虚構を通してのみ到達することのできる現実の層があるということ、要するに、現実世界を裏側から照射するものとしての幻想文学という視点を私たちは忘れるべきではないだろう。幻想文学は、現実を覆すのではなく、現実を拡張するのである。

＊

もう十年ほど前になるが、大学の研究休暇を利用して一年間ブエノスアイレスに滞在した。それこそ毎日のように、活気に満ちた市中をあちこち歩き回った。なかでもいちばんのお気に入りは、繁華なコリエンテス通りに面したサン・マルティン劇場内の〈レオポルド・ルゴーネス・サロン〉。アルゼンチンをはじめ、日本を含む世界各国の名画の特集上映を安価に楽しむことができる。市内を散策がてら、よく足を踏み入れたものである。市の中心部を少し外れると、ラプラタ川沿いに〈レオポルド・ルゴーネス大通り〉と呼ばれる幹線道路が走っている。「街路や公共の建物にわたしの名前を冠することもやめてほしい」と書きつけたルゴーネスの遺言は見事に裏切られ、いまやその名はブエノスアイレス市民の生活のなかに溶け込んでいる。ルゴーネスが最期の地に選んだ郊外のティグレにも何度か足を運んだ。パラナ川が複雑に入り組むデルタ地帯は、週末や休日ともなると大勢の観光客や家族連れが訪れ、ちょっとしたにぎわいを見せる。小型客船に乗って中洲へ渡り、しばしのそぞろ歩きを楽しんだあと、目についたレストラン（その多くは質素な個人経営の店）に入る。注文するのはもちろんアルゼンチンが誇る特厚の牛肉ステーキ。肉食の国アルゼンチンでは、上質のステーキ肉が魚より安く食べられる。肉のお供には、これまたアルゼンチンが誇るマルベック種の赤ワイン。いたって気楽な余暇を過ごした思い出ばかりがよみがえるが、いま振り返ってみても、かの文豪が自裁を遂げた地という陰鬱なイメージからかけ離れた、ひなびた味わいのある行楽地だった。告白すると、当時のわたしは、ルゴーネスの作品を時おり手に取ることはあっても、そこが彼の終焉の地だという事実を知らなかった。

そんな不勉強な人間がルゴーネスの作品を翻訳することになったのだから、いまはただその幸運に感謝するしかない。ひとりでも多くの方にルゴーネス文学の魅力を味わっていただければと思う。

おもに二十世紀前半に活躍した詩人らしく、ルゴーネスの用いるスペイン語はいささか古めかしい。また、新しい美学の創出をめざして詩の刷新に取り組んだ文学者ならではの独特の言い回しや詩的表現などが随所にちりばめられている。論理的にすっきり割り切れない曖昧な表現も多く、直訳しただけでは日本語として据わりが悪かったり、意味が通りにくかったりする箇所もある。まずは日本語として読みやすい訳文に仕上げるべくさまざまな工夫を凝らしたつもりだが、それが原文の持ち味を損なっていないことを祈るばかりである。

翻訳にあたっては、多くの方々のお世話になった。なかでも光文社翻訳編集部の今野哲男氏と小都一郎氏、宮本雅也氏には、訳文の細かなチェックのみならず、物語の解釈をめぐる鋭い指摘を多々いただいた。また、アラビア語に関する事項については、法政大学の江村裕文教授にご教示を賜った。この場を借りて厚くお礼を申し上げたい。

＊

翻訳のテクストとして使用したのはおもに以下の二冊である。

◇「アラバスターの壺」「女王の瞳」「カバラの実践」「黒い鏡」「チョウが？」「小さな魂《アルミータ》」「死の概念」「円の発見」「デフィニティーボ」「死んだ男」「ルイサ・フラ

スカティ」「イパリア」「供犠《くぎ》の宝石」「ヌラルカマル」

Leopoldo Lugones, *Cuentos fantásticos* (Pedro Luis Barcia, ed.), Editorial Castalia, Madrid, 1987

◇「ヒキガエル」「オメガ波」「不可解な現象」「ウィオラ・アケロンティア」

Leopoldo Lugones, *Las fuerzas extrañas* (Arturo García Ramos, ed.), Ediciones Cátedra, Madrid, 1996

このうち、「不可解な現象」については、ボルヘス編纂／序文による「バベルの図書館」シリーズに収められたルゴーネス短編集の既訳（『塩の像』牛島信明訳、国書刊行会、一九八九年）所収の「説明し難い現象」を随時参照した。『塩の像』には、本アンソロジーには収録されていない短編作品（「イスール」「火の雨」「塩の像」「アブデラの馬」「フランチェスカ」「ジュリエット祖母さん」）が含まれており、ルゴーネスが紡ぎ出す幻想世界の魅力を端正な訳文で味わうことができる。併読をお勧めしたい。

本書の収録作品の中に、精神病患者を収容する施設としての「精神病院」が描かれ、患者を「狂人」と表現したうえで、「手に負えない狂人」「狂人たちは獰猛な目をこちらに向けていた」などの、差別的な表現があります。これらは作品が書かれた一九〇七年当時のアルゼンチンの社会状況と未成熟な人権意識に基づくものですが、そのような時代とそこに成立した作品を深く理解するためにも、編集部ではこれらの表現についても、原文に忠実に翻訳することを心がけました。それが今日にも続く人権侵害や差別問題を考える手がかりとなり、ひいては作品の歴史的価値および文学的価値を尊重することにつながると判断したものです。差別の助長を意図するものではないということを、ご理解ください。

編集部

kobunsha classics
光文社古典新訳文庫

アラバスターの壺《つぼ》／女王《じょおう》の瞳《ひとみ》
ルゴーネス幻想短編集《げんそうたんぺんしゅう》

著者　ルゴーネス
訳者　大西《おおにし》 亮《まこと》

2020年1月20日　初版第1刷発行

発行者　田邉浩司
印刷　新藤慶昌堂
製本　ナショナル製本

発行所　株式会社光文社
〒112-8011東京都文京区音羽1-16-6
電話　03（5395）8162（編集部）
03（5395）8116（書籍販売部）
03（5395）8125（業務部）
www.kobunsha.com

ISBN978-4-334-75418-1 Printed in Japan

いま、息をしている言葉で、もういちど古典を

長い年月をかけて世界中で読み継がれてきたのが古典です。奥の深い味わいある作品ばかりがそろっており、この「古典の森」に分け入ることは人生のもっとも大きな喜びであることに異論のある人はいないはずです。しかしながら、こんなに豊饒で魅力に満ちた古典を、なぜわたしたちはこれほどまで疎んじてきたのでしょうか。

ひとつには古臭い教養主義からの逃走だったのかもしれません。真面目に文学や思想を論じることは、ある種の権威化であるという思いから、その呪縛から逃れるために、教養そのものを否定しすぎてしまったのではないでしょうか。

いま、時代は大きな転換期を迎えています。まれに見るスピードで歴史が動いていくのを多くの人々が実感していると思います。

こんな時わたしたちを支え、導いてくれるものが古典なのです。「いま、息をしている言葉で」——光文社の古典新訳文庫は、さまよえる現代人の心の奥底まで届くような言葉で、古典を現代に蘇らせることを意図して創刊されました。気取らず、自由に、心の赴くままに、気軽に手に取って楽しめる古典作品を、新訳という光のもとに読者に届けていくこと。それがこの文庫の使命だとわたしたちは考えています。

このシリーズについてのご意見、ご感想、ご要望をハガキ、手紙、メール等で翻訳編集部までお寄せください。今後の企画の参考にさせていただきます。

メール　info@kotensinyaku.jp